ISEKAI NO SUMIKKO DE
KAITEKI MONODUKURI SEIKATSU
異世界のすみっこで快適ものづくり生活
～女神さまのくれた工房はちょっとやりすぎ性能だった～
2
長田信織
ILLUST. 東上文
JN022284

アイレス
両性具有の天龍族。
マイペースで破天荒。
ヒナ
牛頭鬼と呼ばれる鬼族。
鼻が利き、料理上手。

ソウジロウ
異世界の森に転生した元社畜。
チグサ
異世界転生してきた
(元)女子高生。
闇魔法の使い手。

用語集

クラフトギア

桧室総次郎が女神アナから授かった神器。神格を持つ器物。

もともとはアナの息子である鍛冶神が創製した神器。あらゆる工具に変化し、万力やネジ釘を『時空ごと固定してしまう』ことで代用する。

見栄っ張りな鍛冶神は女神アナに譲渡する際に、神格をちょっと盛ったという。

神璽（レガリア）

神々から神器を授けられた人間を呼ぶ通称。神職のように見られている。

なぜ“のように”なのかというと、英雄は別の側面から見れば暴君だったりするものであるから。

闇魔法

異界の権能。主に『見えない力』を操る。重力や精神などに干渉する。

闇魔法の使い手は見えないものを『在る』と信じる者。やがて聞こえない声を聞き、ありもしない匂いを嗅ぐ。

不定形で千変万化する悍（おぞ）ましいモノが召喚されうる秘術。

エルフ族

神代の古来から存在する種族。賢く長命であり、数々の魔法に長じ、神々の時代を知る種族のため詞を祝福として扱う。祝福は呪いと表裏一体であり、人間は呪いと呼ぶようになっている。

時間に対しておおらかな感性のせいで、どんどん少子化してしまった。今では、エルフは世界に七人しかいないと言われている。

妖精族

面白そうなところにはいて、面白くなさそうなところにはいない種族。

生態は謎に包まれている。

世界は小さいものが集まってできている。その中で最小の単位まで知覚できるのは、小さいものとして生まれた妖精しかいない。

異世界のすみっこで快適ものづくり生活 ～女神さまのくれた工房はちょっとやりすぎ性能だった～ 2

長田信織

ILLUST. 東上文

第四十三話　日々の営み

「では、これは優秀な妖精がありがたくもらっていきます」

「いや相手にちゃんと届けるんだぞ、サイネリア」

ソファとおにぎりを持たせて、妖精を送り出した。送り先は米とビールをくれた（サイネリアが勝手に持ち出した）相手である。

妖精のイタズラに付き合わされる形にはなったものの、良い思いをしたのも事実だ。相手が贈り物を気に入ってくれるといいんだが。


ともあれ、これで食べた分は返せた。そういうことにしておこう。

次の作業に取りかかる。

「お前はもうすっかり、寝る時以外は小屋を使わなくなっちゃったしな」

爬虫類じみた大きな飛竜の顎を撫でてやると、ぐぎゅぎゅぎゅ、みたいな唸り声をあげる飛竜。

撫でられるがままになっている。

あれからすぐに怪我の癒えた飛竜は、勝手に小屋を出て外でうろつくようになった。狭いのが嫌なのだろうか？

「亜竜とはいえ竜種の末席だし、このあたりで飛竜を襲うほどの魔獣は、私たちで狩り出してるものね。隠れる必要が無いって分かったのよ、きっと」

俺と一緒になって飛竜の背を撫でるミスティアが、そんなことを言う。あんなに頑張って世話をしていたミスティアがそれでいいなら、まあいいか。

「ちょっとした広場を作って、馬房……っていうか出入り自由な竜小屋かな。そういうのを隅に置こう」

放牧場みたいなものだ。

「同じ場所を使って、マツカゼの小屋もつけておくか」

マツカゼも今は抱っこできるサイズだが、これから大きくなるらしいし。馬が少し走り回れる程度の広さはほしい。

運動不足やストレスを溜(た)めたりしないように。

「それなら、魔物避(よ)けの範囲変えておくわね」

「お願いします」

ということで、当初から広めにしてあったらしい魔物避けの魔法も、さらなる拡張をお願いした。

「あっ、今日は開拓ですか？」

「まあそういうことで。同じようなことが多くてごめんな」

千種(ちぐさ)は不思議そうに首をかしげた。

「わ、わたしの蛸さばきも上達してますから、ゆったり作業は歓迎ですけど？」

なるほど。

「確かに。あくせくすることはないな。……ないよなぁ」

同じことの繰り返し？

べつにいいじゃないか。これは仕事じゃなくて、好きでやってるだけだ。

ご飯を毎日作るのに、同じものを繰り返し作ることに疑問に思うことは無い。

なのに、仕事はなんだかもっといろいろしないといけない。という気持ちを勝手に抱いてしまう。

まだまだ、ブラック気質が抜けてないのかもしれない。

その点、千種は素晴らしい。特に新しく覚えることなんて無くても、自分の手練が上達するというところを理解してる。

「千種は賢いな」

「へ？　そ、そうですか？　なんでかよくわからないですけど、えへへ。あっ、もしかして蛸ダンス練習してるの見てました？　八本同時は意外と大変なんですよぉ」

いや、なにも考えてないだけかもしれない。その練習で何をするんだろう……。

ともあれ、千種と一緒に、森を拓いていくことにした。

相変わらずだが〈クラフトギア〉の力で、森はかなりハイペースで伐り拓かれていく。

まずは木を倒す。次に枝を払う。丸太に加工して、千種に保管してもらう。最後に、根っこを抜いてから地面を固める。

同じ作業はまとめて繰り返して作業効率を上げる。

ある程度の本数を先に倒してしまい、伐倒木を二本ほど玉切りして加工し、バツの字に『固定』した馬台を作る。

馬台に置いた木材を枝払いして長さを切り揃えてしまえば、見慣れた丸太になる。

伐採するのには、もはや一本に一分かからない。どんな太さでも、狙いどおりの方向にさくさく倒していける。

「うわ、前より早い……ひぃぃ……」

「そうかな？　まあ、伐採はもうずっとやってるからな」

どのくらいの高さの木を、どこに倒すか。そういうところで迷わなくなった。

実は一回失敗して、伐倒木が切り株に当たって跳ねてしまうという事故を起こしてしまったことがある。

手さばきを失敗したわけではなく、俺の見積もりが甘かったのだ。

その時は慌てて〈クラフトギア〉で『固定』して、何事も無く済んだ。

それから少しの間、ちょっと慎重になっていた。しかし、きちんと気をつけていれば伐採を失敗することもない。心構えさえあれば、最悪の場合でも慌てずに〈クラフトギア〉の力で『固定』してしまえる。

失敗してからまた伐採を繰り返すうちに、気をつけるべき勘所を改めて理解した。それで、徐々にペースアップしているわけだ。


「……繰り返していても、まったく同じってわけでもない、か」

女神様から神器を授けられて、これ以上は俺が何事を成すことも無いかと思っていた。

しかし、そういうわけでも無さそうだ。

道具は道具。俺が何をしたいかで、その力はどこへ向かうのかが決まるわけで。

「ま、のんびりやるかなー」

ゆっくりと手に馴染みつつある神器を、握り直した。

少しずつ、同じことをやっていこう。

改めて、俺は伐採を進めていった。

「だから十分早いですけど……!?」

そんなことも言われたが、まあ気にしない方向で。

第四十四話　エルフもたまにはすれ違う

「ウカタマー？　コタマー？　おーい」

「う、ウカさーん、いないですかー」

俺と千種は、菜園エリアに来て声をかけていた。

一日がかりの伐採作業で出た木の根を、ウカタマに提供するためだ。

しかし、目当てのウカタマがいない。

いつもは畑でのんびり日なたぼっこしてたりするのだが、留守にしてるらしい。どこに行ったんだろうか。

「お、帰ってきた」

テテテテと四足歩行で走ってくるウカタマが、森の奥から現れた。その背中には、コタマが乗っている。

けっこうな速さで足下まで走ってきた精霊獣に、俺は硬いけどつるつるで手触りの良い頭をぽんと叩(たた)いて労(ねぎら)う。

「おつかれさま。わざわざ走ってきてくれたのか」

なにか用？　みたいに小首をかしげるウカタマ。

「あっ、根っこなんですが……なんかウカタマさんも根っこ持ってますね……」

「こういうのは苗木って言うと思う」

精霊獣の背中に乗っているコタマは、小さな苗木をその手に抱えていた。まるでウカタマから生えているように見えるが、コタマがぴょんと抱えたまま飛び降りてくれたので、生えてるわけじゃないとわかった。

コタマがウカタマにはいと手渡して、ウカタマが俺に向かってはいと差し出してきた。

俺は思わずしゃがんで苗木を受け取ってしまう。

「……これどうすればいいんだ？」

首をかしげると、ウカタマが地面を叩いて、コタマが両手を上に伸ばしてわさわさ動かした。

なんとなく伝わった。

「もしかして、ここに植えるのかこれ？」

ふんふんとウカタマがうなずく。

「この木、なんの木なんでしょうね……」

「なんだろうな。……ん？」

さすがに苗木を見て分かるほど詳しくもない。

根っこのあたりを土塊で固められた苗木を手に、千種と同じように首をかしげるしかなかった。

そんな俺たちを見て、ウカタマがちょいちょいと森の方を指し示す。

森の方から、ムスビがぱたぱたと飛んできている。

白く神々しいふさふさの脚を持つその姿には、粗い目の網袋っぽいものがぶら下がっていた。

飛んできたムスビが少し高度を上げて俺の頭上をフライパスしつつ、袋を落としてくる。胸元へ飛び込んできた網袋を受け止めると、ふわりと爽やかな香りに包まれた。

「オレンジだ」

「あっ、森のどこかに生えてるんですね」

網袋には、数十個のオレンジが入っていた。けっこう量があって、一つ一つがなかなか重い。

果樹園のように一つの木を大量に集めて植えたり剪定(せんてい)したりされてないので、遠目には分からないのだろう。


今まで伐採した樹(き)の中にもたまに実が生(な)ってたりしたが、正体が分からないので見ないふりをしてた。まだ青かったし。

しかし、ムスビが持ってきたのは馴染み深い橙色(だいだいいろ)の果実。柑橘類(かんきつるい)特有の軽い香気。

オレンジだった。

「わあー、高級品！」

千種が嬉(うれ)しそうに言う。

「高級品？」

「あっ、はい。この世界だと、見慣れない果物はまず高級品ですね。ブドウとかりんごとか梨とか、そういうのも庶民からしたら高いです。プラムと野いちごが食べられれば、けっこう良い食事です」

「なるほど……」

「でもそのお高い果物も、日本人的にはちょっと酸っぱいくらいですね」

「ああ、まあ仕方ないな。ジュースとか料理にすれば、酸っぱくてもなんとかなりそうだけど」

俺が言うと、千種がぎゅっと目を閉じて顔を背けた。なにか嫌な思い出に当たったように。

「小っちゃい果物をすり潰して、はちみつと香辛料と一緒に混ぜて固まるまで煮たやつ。ありましたよ。クセが強くて、まずいけど甘いから食べられるレベルのジャムペーストみたいな……。あんな味でも、他のよりマシだったんです……」

口ぶりからして、美味しいものにはならなかったらしい。

「だから、新鮮な果物が生で食べられる時だけが救い……」

「食べてみる？」

ナイフで四分の一に割ったオレンジを差しだしてみると、千種はふへへと笑って受け取った。

「王様でもこれは食べられませんよぉ……神樹の森で採れた果実なんて、聞いたことないですからね……ざまぁ。わたしに美味しいものくれなかった王様、ざまぁ。滅びろ」

なんか怖いひとり言を漏らしつつ、オレンジを大事そうに見つめる千種。

一時だけ身を置いていたという王宮の暮らしは、よほど悪い思い出が積み重なっているようだ。

そんな千種を見つつ、両手を合わせ上下に振ってくれくれとアピールしてくるウカタマにもオレンジを渡して、最後に頭の上に乗ってきて早く食べてみろと急かすムスビに従う。

見たところ、果肉はたっぷりと汁をたくわえていて、果肉はみずみずしく膨らんでいる。普通に生でそのまま、いけそうな見た目だ。

これでムスビたちが持ってきたものでなければ、ミスティアに食べられるものか相談してから口にするところだが、精霊獣は信じられる。

かぶりついてみた。

「うまぁー!!」

「んん……! っと、水分がすごい。けど、甘酸っぱい。かなり美味(うま)いなこれ。イケる」

みかんのような甘みに、オレンジの軽い香り。酸味が程良いので、甘い果肉を飲み干してすぐ次を心惹(ひ)かれるような後味がある。

これは一箱いくらのものじゃない、お歳暮レベルの味だな。

あるいは千種が感動で大きい声を出すレベル。

「美味しい……美味しいよぅ……」

「いっぱいお食べ」

もう一つ切って差し出すと、千種が泣きながらあぐあぐと口に運んだ。

トラウマを呼び覚ましたせいで、当時の味と比較しているようである。しばらく役に立たなさそうだ。

「それで、この苗木はこのオレンジのやつってことか?」

脇に置いていた苗木を改めて指差して訊ねてみる。

皮ごとシャクシャク食べるウカタマとコタマを見ると、二頭とも同時に首を縦に振る。合ってるらしい。

なるほど、果樹園を作りたいのか。そういえば前にそういうこと言ってたな。

「苗木からだと数年がかりになるけど……ま、気長にやるか。美味いからな」

確かにめっちゃ美味しいんだ、これ。

ぐ、と親指を立ててやると、ウカタマは器用にも同じように親指を立ててうなずいた。

「ムスビも、ありがとう。持ってきてくれて」

俺が言うと、ムスビはそれだけで満足したかのように、飛び去っていった。

クールなやつだ。

その後、俺とウカタマで一緒に苗木を植えた。

しばらくしてからもう一度菜園を見たら、苗木は増えていた。どうやらウカタマは一本では足りないらしい。

ちなみに、近くに積んでおいた木の根っこは減っていなかった。果物ばかり食べているな、あれは。

まあ、木の根は持て余すようなら薪にでもしてしまえばいいし、問題無い。

しかしオレンジか。俺も、頑張って取りに行ってみてもいいかもしれない。

その日の夕方。

「つっかれたぁ！　もー、今日は大変だったわよー」

珍しくちょっと薄汚れて、怪我までしたミスティアが帰ってきた。

心なしか、マツカゼも走り疲れた感じでへたりこんでいる。

「おかえり。どうしたんだ？」

「あ、うん、ただいま！　実はね、すっごく良いもの見つけちゃったのよ」

俺が飲み物を差し出しながら訊くと、ミスティアはぱっと顔を明るくして語り出した。


「でもね、すっごく良いものだから、森の獣にも狙われるの。で、獣を狙う魔獣なんかも来ちゃうわけ。だからもう、ストームグリフィンくらいの格がある魔獣が、次々現れる地帯になっちゃってて。その中で闘いながら採取してたから、こんなに手こずっちゃった。私もまだまだね」

興奮ぎみに言うミスティアである。どうやら闘争のせいで、気持ちは高ぶりを残しているらしい。

「そんなに危険なら、俺も手伝うよ。やるなとは言わないけど、心配になる」

「そ、それはあの、ありがとだけど、そこまでじゃないっていうか、あの、はい。あはは」

目を逸らしてもじもじするミスティア。どうやら調子に乗ったのが恥ずかしいらしい。

「分かってくれれば。それで、なにを見つけたんだ？」

「そう！　それが大事よね！　実はね、闘いながらもぎ取ってきたのよ！」

ミスティアが、いそいそと戦利品を取り出した。

「じゃーん！　はいこれ！　神樹の森のオレンジ！　一緒に食べましょ！」

「…………わ、わあー、すごいな」

「む、微妙な反応。もー、わかってないなぁソウジロウは。こんなの貴族だって大枚はたいて買えない代物なのに。それに、すっごく美味しいんだから！」

「いや、嬉しいよ。本当に嬉しい。すっごく頑張ってくれたのは、本気でありがたいと思ってる」

「そ、そうかなー。えっへへ。じゃあソウジロウが切ってね」

満面の笑みで、その貴重な戦利品を差し出される。


「あ、でもみんなで分けましょ。チグサー？　いるー？」

待ってくれ。

俺はゆっくり説明したい。なにも知らない千種を呼んだら、一瞬で状況把握して第一声を選び抜いてくれる奇跡が起きないと、どうしようもないことに――

「あっ、はい。あっ、またオレンジですか？」

ミスティアが笑顔のまま静止した。

「……また？」

精霊獣の特性として、魔獣に察知されづらく、敵対されづらい。そして、ウカタマは穴を掘って近づけるし、ムスビは飛べるので穴に落として収穫作業をできる。

俺は自分で取りに行くのはやめておこうと思う。少なくとも、しばらくの間は。

どうしようもなかった。

第四十五話　戦う商人

神樹の森の近傍で開拓された人間の町ブラウンウォルス。

大地の力は優秀で作物は早く大きく実り、すぐそこが海であるため漁もできる。森の中には獣も豊富だ。

そんな恵まれた土地にあるというのに、その町は一見して貧相だった。

年中トラブルに事欠かず、金と労働力がその対応に追われてしまうからだ。

木々を伐るたび魔獣が出現する。作物狙いの害獣がすでにモンスター。海には海魔が出没して、漁に出られない時期が長い。

かつて神々が地上に作ったという神樹の森は、その豊かさゆえに、貧しすぎるところまで堕ちた人間に恵みを引き出せなくなっている。

ゆえに、開拓は遅々として進まず、領主たるブラウンウォルス子爵も落ちぶれ貴族として見られている。


「いやー、驚いたな、王都は。大昔に一度行ったきりであったから、あんなにも人と物があるとは気づかなかったわ。いやまあ、ひどく臭ったが、あれが財力というものなのだな、ドラロ」

「田舎者丸出しではないか。セデク」

一度、取り引きをとりまとめたセデクは王都に赴いていた。

そこで起きたことを、土産話と物理的な土産も一緒に持ってきている。

町の参事会会長を務める商人ドラロとしては、情報も土産物もありがたい。茶を出しながら話し相手をしていた。

「まあな。しかし、王都も驚いたが、王宮はそれ以上に驚きに満ちておったわ。俺から大枚はたいて買った蛇の胆をな、仰々しくもわざわざ謁見して献上の儀を執り行ったのだぞ？　それだけでも肩が凝ったというのに、翌日には内儀でまたも呼びつけられた。もう気が張ってしょうがなかったわ」


ドラロは天を仰いでため息を吐く。

「……他の貴族に知れたら嫉妬を買うぞ、セデク。地方のいち子爵が、いきなり王に謁見し、翌日には密談など」

「いや、呼びつけたのは王子であった」

「？　王子は、臥せっておられたのではなかったか？」

「戦傷でゆっくり弱っていたというのに、錬金術師に命じて秘薬を作らせたとかでな。薬の材料は蛇の胆も魔石も、出処はうちであったから、あれはなんだ、と問い質されてしまった」

「快復されるのが早すぎるだろう」

「うむ。で、わが領地に興味を持たれたとかでな。数年のうちにそちらへ行きたい、と」

「王子自らか？」

「そうらしい」

ドラロは頭を抱えた。

「……まさか、承諾しておらんだろうな」

「もちろん快諾したが？」

「こっ、このバカ領主！　せめて息子に相談してやらんか！」

怒鳴りつける商人に対して、セデク子爵はむっと眉をひそめた。

「なにが悪い？　王子殿下と話がとても弾んでしまってなぁ。若者の好奇心を無下にするわけにはいかんと」

「この狭く貧しい領地で、王族をどうもてなすというのだ!?　もてなせるだけの物や、取り寄せるほど金があるか!?」

参事会会長の怒鳴り声に、領主は神妙な顔つきになった。

「ドラロ、私とてなにも考えていないわけではない」

「……ほう？」

何やら裏があるのか、とドラロは前のめりになった。

その商人に向かって、セデクは告げる。

「もてなしとはな……モノばかりではない。心だ」

輝かしいばかりの笑顔で言う中年の男を、商人が怒りに任せて罵ったのは言うまでもない。

ひとしきり不毛な言い争いをした二人は、実際どうするかと顔を見合わせる。

「具体的に、なにが問題になるだろうな？」

問題が山ほど埋まっているのは、セデクにも分かっている。

であれば、王子が来たときに掘り返されそうなところだけでも、今のうちに掘り出しておいた方がいい。

「無い物ねだりはしても無理だ。だからせめて、王子のお供と町全体に行き渡るくらいには、十分な食事を用意せんとならん」

王族の歓待となれば、こんな小さな町としては盛大に印象を良くしなければならない。

本来、貴族社会では飽食は罪だ。大食らいは恥であり、神に背く行為とも言われる。

だが、民の気分を高揚させるために、祝餐を広く分け与えることは必須でもある。

町の住民全員に無料で酒と食べ物を行き渡らせ、王族の来訪は歓迎されるべきことと民にも思わせる。よくあるやり方だが、それだけに実行すれば効果はある。


しかし、たとえ王族が権威を持っていようが、食い物を腐らせないようできるわけではない。用意をするのは、来訪される側だ。

「漁師たちに、多少の無理を押してでも漁をしてもらう。それができれば、麦の節約。森に入って採集する食い物を増やす」

ドラロが言うと、セデクはニヤリと笑みを浮かべた。

「ならちょうどいい。今年は森の中から、大物が湧き出てくる予兆が無い。魔獣の警戒を増やして、採集は冒険者ギルドに依頼を出そう。ちょうど、大商いで臨時税収もあるしな！　ふはは！」

「問題は漁だな。参事会で漁師頭に相談せねば」

「海魔をおとなしくさせるのは、さすがに兵を動員しても至難だな……。まあ、そちらはあとあと考えよう。しかしな、ドラロ。俺としては、もう一つ踏み込んだ問題があるように思える」

「というと？」

「つまり……驚きだ！　あっと驚かせるような、稀少な食い物や特産品みたいなものを、王子殿下に見せつけてやりたい！　なにかないか!?」

なにを楽観的な、とドラロは呆れてしまう。最低限のもてなしさえ用意できるかと悩んでいるのに、このうえ特産品だと？　そんなものがあるなら、この町にはもっと金が生まれている。

「おぬしの絵でも献上しておけ。心臓が止まるぞ」

「おおっ、そうだな、その手があったか！」

「やめろバカ冗談だやめろやめろそれだけは絶対にやらせんからな!!　息子殿を抱き込んででも止めるぞ！！！！」

「なんだとごうつくばりのジジイめ！　俺の邪魔をするか！」

「腐った審美眼のバカ貴族が！　貴様に握られる絵筆を救っておるのだ！」

商人と領主の戦いは、長く夜まで続いたという。

〇

「お兄さん、なに作るんですか？」

「この異世界に足りないもの、かな」

小麦粉と水をよく混ぜながら、千種にはそんな答えを返す。

「ムスビがあれから何回もオレンジ採ってきてくれるし、工夫しないとな」

「ぜいたくですねー……」

「まったくだ。おかげで、調味料とか買い足しに、近いうちに町まで行かないといけなくなりそう」

およそ食べ物にかけて、日本人ほど贅沢(ぜいたく)をよしとする国民はそうそういない。贅を尽くすというより、手間暇とバリエーションを凝らすこと、と言うべきだろうが。

ま、簡単に言えばだ——手間をかけても美味しいもの食べたい。しかも毎日。

業が深いことだ。

「楽しみにしてます」

「俺も。うまくいくか、分からないけどな」

第四十六話　招待されし者ども（してない）

放牧場と飛竜小屋が完成し、飛竜はそちらに移した。

放牧場はあちこちで抜根した痕跡ででこぼこだったが、ウカタマが地均しくれた。

そして仕事量なのか菜園の拡張状態なのか、理由は分からないがいつのまにかコタマが増えていた。

現在、ウカタマを筆頭にして他に三頭のコタマがどこかで働いている。

正直もう気にしないことにした。来る者拒まずだ。助けられてるし。

どれくらい助けられているかといえば、放牧場の地均しをお願いしただけで、石や雑草が残らず取り除かれ、めちゃめちゃ歩きやすくなっていたほどだ。

「微妙に芝生みたいな草まで生えつつある……」

ウカタマの気づかいがすごい。

開放感のある芝生広場のようになったそこでは、飛竜と一緒にマツカゼが走り回っていた。

木々の間を駆け回るマツカゼや飛竜の姿は、狩猟犬が仕事をしている時みたいにかっこいいが、広い場所だと遊び回ってる感が強くなる。

うーん、のどかだ。こういうのでいい。こういうので。

「ほほう、これはなかなか広くできましたね」

俺の横で、そんな声がした。

「……サイネリアが言うと、なんか怖いな」

「ほほう、優秀な妖精の審美眼を怖(おそ)れているのですね？」

「違うんだよなぁ」

なにかが起きると知りながら、なにも言わないのがサイネリアだからだ。


「そんなことより、あれはなんでしょうか？」

「あれって？」

「最近なにやら、白くてネバネバしたものを窓辺で広げているようですが」

「……小麦粉と水を混ぜた種だけども」

小麦粉と水を1：1で混ぜ合わせたものを、木のボウルと布巾の蓋で保管している。

もちろん、これを種にして作りたいものがあるからそうしているんだが。

「なるほど。ふふふ、ご期待ください」

妖精はそんな言葉を残して飛び去った。なんだろう。怖い。

次の日。

「ほほう、生まれましたね」

サイネリアの声で、マツカゼが起こしてくるより先に目を覚ましてしまった。

内容が不穏なので、急いで目を開いて身を起こす。

「……え、光ってる？」

そこにいた妖精を見ながら言うと、サイネリアは尊大な顔で高度を上げた。

「やはり、優秀な妖精は輝いて見えますか」

「そういうことではなく」

うっすらと輝く光の塊に、透明な羽がついている。

あえて言葉にするならそういうものにしか見えないものが、サイネリアを中心に、ふわふわと漂うように窓辺に浮いていたのだ。


「この光る玉が、小妖精（ピクシー）です。窓辺に置いたミルクや、穀物の汁を好みます。優秀な妖精は、実は大妖精（アークフェアリー）であったので、子分が沸いて出てきてしまったのですね」

「つまりサイネリアのせいかこれ」

昨日の意味深な話は、さてはこれを予想してたな？

「いいえ、マスターが呼び寄せたのです。神域でこのような招待を受けて、妖精が沸かないとでも思いましたか？」

「逆にどうしたら妖精が来るって思うんだ……ただのパン種づくりで……」

ふわふわと宙に浮くピクシーが、困惑げに揺れていた。

「……まあいいよ。来る者拒まずだ」

近くでふわつく小妖精をつんとつつきながら、俺はそう答えるしかなかった。綿毛みたいな頼りない感触がした。摑んだら潰れそうだ。

「ご安心ください。ピクシーは乱暴に扱わなければ、そのへんをうろつくだけで、世話もいらず無害ですので。ただし、たまにこのように窓辺に白い物を置いていただけると喜びます」

「そうなのか」

パン種を置いていた窓辺で、サイネリアが主張する。

俺はふと気になって、蓋にしていた布巾を取り外してのぞき込んだ。

「……パン種が半分くらいになってるけど」

育てていたパン種が、ずいぶん小さくなっている。これは害にカウントしないのか？

「ふふふ、優秀な妖精にお任せを」

がしり、とサイネリアがピクシーを摑んだ。

「そぉいっ！」

そのまま、ピクシーをパン種に思い切りダンクシュートして中まで埋め込んだ。

「乱暴に扱わないって話は!?」

「妖精同士ではノーカンです」

ぱんぱん、と手を払いながら言うサイネリア。

叩(たた)き込まれたほうのピクシーも、何事もなかったかのようにふわふわと、パン種の中から飛び上がった。半分くらい縮んでるが、なぜか二匹に分裂している。

っていうか、今パン種から生まれたのだろうか？

「このパン種を置いていたのは、発酵させる菌が欲しかったのだと、優秀な妖精は推測します。これで、いくらでも発酵できますよ」

推測は合ってるけども。

「そ、そうなんだ……つまり、酵母菌みたいなものなのか……？」

妖精は菌なのか？

謎が深まってしまった。


パンといえば？

「スープに浸けて食べるやつ」

「焼いたら黒くなる小麦粉」

ミスティア、千種、の順番で答えてくれた。

……一応、チャレンジしたんだな、千種は。

というか、ミスティアの認識がだいぶ硬そうなパンだな。

「今から作るパンは柔らかいパンだから、そのまま食べてくれ」

「やったー！」

拍手する千種と、それに付き合って拍手してくれるミスティアだった。


柔らかいパンを作るために必要なのは、時間だけだ。

パンを美味しくするために必要な工程として、生地に酵母を加えて寝かせることで発酵させ、風味とコクを増幅させるプロセスがある。

ここに工業生産されたドライイーストなどの酵母は無いので、天然酵母に頼ることにした。

まあ要するに、放置して自然に増殖してもらうことにしたのだ。それが、俺が作っていて妖精に食べられてしまったパン種である。

天然酵母を作るのに必要なのは、発酵しやすい種を作ってから放置しておくことだけ。適切な温度があれば発酵してくれる。

イースト菌は、本来どこにでもいるものだ。

小麦粉と水をよく混ぜて、30℃くらいの温度で数日置いておけば、それを原料にして酵母をたっぷり含んだパン種ができあがるのである。

まあ、そこから小妖精が生まれるとは思わなかったけれど。

あとは、普通のパン作りと同じだ。

種と小麦粉と塩と砂糖にお湯を加えて混ぜてから、捏ねる。

で、鍋の中に入れて、蓋をして少しだけ鍋を温める。その中で生地を寝かせ、一次発酵させる。

倍くらいに膨らんだら、ガス抜きをしてもう一度丸める。生地を分割して丸く成形し、鍋に戻す。

また鍋の中で寝かせて発酵させたら、弱火でじっくり両面を焼いていく。


「あれ、パンって、鍋でやるんですか？」

焼いていたら、千種が不思議そうに訊ねてきた。

パン釜とかオーブンとか、パンを焼くのに適したものは他にある。今はとりあえず疑似ダッチオーブンみたいにした鍋で焼く。

鍋に石で蓋をして、上に炭を置くことでオーブンのように熱を持つ空間を作るのだ。

とはいえ、本来ならもっときちんとした石窯なんかで焼きたいところだ。

「これがうまくいったら、石窯とか作りたいな」

石窯があったらなんでもできる。

まあ重要なのは焼けることだ。フライパンでもパンは作れる。ちょっと食感とか味とか違うけども。

「まあ、とにかく食べてみて、ダメだったら考えるよ」

ということで、パンは完成した。

「これでよし！　食べてみよう！」

焼き上がったパンを、まずは自分で試食するためにテーブルに並べて、気合いを入れた。実食はこれが初めてだ。ちゃんとパンになっているのかどうか。

そして、食料庫にしている倉庫小屋からもう一つ食材を持ち出すことにした。

もう一つ、パンのために作っておいたものがあるのだ。

オレンジジャムである。

水とオレンジと砂糖があれば、ジャムは簡単にできる。あと、もしもパンがいまいちでも、ジャムがごまかしてくれる。

なので、ジャムさえ塗ればちょっとダメな時でも安心感がある。

「いただきま…………」

「…………」「キュウ……」

小麦の焼ける香ばしい匂いか、もしくはジャムの甘い匂いなのか。その両方か。

呼んでないのに千種とマツカゼがそこにいて、試食を始めようとする俺を、じっとテーブルの向こうから見つめていた。

「…………」

「いや、これは試食で……」

とても後ろめたくなる目で見てくる、一人と一匹。さらにサイネリアがマツカゼの頭の上に、足を組んで座った。

「ほほう、続けて」

聞きかじりで作ったフライパン焼きパンとジャム。味見して美味しかったら呼ぼうと思っていただけなんだ。

あと妖精入りだし。

などという言い訳は諦めた。

「……味は保証しないぞ？」

自分で試食した一つと、ミスティアに残した一つ。

残りはマツカゼとサイネリアが奪い合い、食べ物の時だけ元気になる千種もがんばっていた。

「スイーツ！　スイーツを食べられるなんて！　売れますよこれ！」

「一個いくらにしたらいいのかしら……」

甘いパンはスイーツの分類になるらしい。二人はともかくマツカゼにまで、とても好評だった。良かったけども。

「小妖精(ピクシー)を呼んでもらったお礼に忠告します」

「お礼なのに忠告なのか？」

どうやって腹に収めたのか、サイネリアがパンを平らげて、満足げに口元を拭きながら言った。

「おもてなしには最適なので、これを出してあげれば喜びますよ」

「……誰に？」

「ふふふ、すぐに分かります。おそらくですが、近いうちにビッグなゲストが来ますからね」

意味ありげに言って、サイネリアは姿を消した。

なんなんだろうか？　ゲスト？


サイネリアが言っていたことは、本当にすぐに分かることになった。

次の日には、言葉どおりのものが現れたからだ。

「ほわぁ～……！　ほんとに飛竜いるじゃん。激かわ～!!」

放牧場に、どでかい龍(ビッグなゲスト)が現れたからだ。

飛竜が寝転がっているのを見て、めちゃくちゃ興奮していた。

……そうきたかぁ。

そこにいる龍は、蛇のように長い胴体と立派なたてがみを持つ、伝承上の四神の一角を担う青龍を思わせる存在だった。

見上げるほど大きな体を持つ、まぎれもなく伝説上の生き物としか思えない姿の生き物。

「彼が天龍です、マスター。思ったより早く来ましたね」

「飛んできた！」

天龍が拳を握ってキメ顔で振り向くと、サイネリアがいつもどおり無感情な顔で拳を握って決めポーズする。

……なぜだろうか。なんか厄介そう。

その息ぴったりの様子に、俺の中で若干の不安が芽生えるのだった。こいつら、気が合いそうだからトラブル起こしそう。

第四十七話　天龍よりも深きソラ

天龍はアイレスと名乗った。

神話の時代から存在する、ハイエルフの祖と肩を並べる古い種族だそうだ。

「サイネリアから、ここに原種の飛竜がいるって聞いてねぇ。そんなの、最近は滅多に見られないものじゃぁないか。絶対見に行こうって思ったのに、うちのパパ様ったら贈り物がどうたらといつまで経(た)っても行かせてくれないから、飛び出してきたんだ。いやぁ、やっぱり来て良かったじゃないか。激かわの美竜さんだねぇ」

「そうか……」

撫でようとするたびに本気で蹴り飛ばされてるんだが、それでもアイレスは機嫌良く飛竜を見ている。

猫好きの人間みたいだ……。

その姿形から想像していたような、威厳めいたものが今ひとつ感じられない。


「それにしても」

ぐりん、と急にこちらへ迫ってきた龍が俺を見る。

「これが神璽(レガリア)かぁ。現れるのはずいぶん久しぶりなんだってね？」

「そうなのか」

「ボクはこれで数百年生きているがね、見るのは初めてさ。パパ様から聞きかじってただけ。でもまあ、ヒトの身に余る気配はあってくれて良かったよ。うっかり触れられても、電（いなずま）を返さずに済みそうだからね」

ふふん、と笑う天龍だ。

「やっぱり出せるのか、電気」

「もちろん。ほうら」

思わず言うと、天龍の角がバチバチと青白い閃光（せんこう）を纏（まと）い始める。

おお、すごい。

「ちょっと見直した。サイネリアの友達っていうから、てっきりイタズラ仲間かと」

「優秀な妖精を軽く見るとは、嘆かわしいですよマスター」

「天龍族を勘違いしてもらっちゃ困るよ？」

サイネリアとアイレスの両方から言われてしまう。


「あっ、どこ行くんだい？」

アイレスを警戒しながらじっと見ていた飛竜が、不意に低空飛行で飛び立った。

慌てて頭を高く上げた天龍だが、飛竜はすぐに地面に降りて目的の人物の後ろに隠れた。

「わお、ついに私が一度も見たことがない種族まで現れたわね」

飛竜の親代わりに献身的なお世話をしてやっているエルフが、驚いた顔をしている。

「ミスティア。こちら、天龍族のアイレスだそうだ」

「ふふーん、話に聞いてたハイエルフの若者か」

「天龍族の中では、貴方(あなた)だって若者でしょう？」

ミスティアは微苦笑で答えた。その背後で、飛竜がミスティアの肩に強く顎をこすりつけている。

「ぐう、うらやま。ボクも背中に乗せたい。ちょっと神璽(レガリア)くん、なんとかならないかね」

アイレスが悔しそうに言う。

「知らない」

「なんでだい。まったく、気が利かないんじゃあないかね？　せっかくボクが遊びに来たのに、飛竜をあのハイエルフに独り占めさせたままでいいのかい？　天龍族といえば、人間ならみんな地に伏して加護を求めてもおかしくないんじゃあなかったのかい。なあなあなあ」

ぐりぐり鼻先を押しつけてくる。押しが強いなあ。

「あのね、ソウジロウにそんなことしてたら天罰が下るんだから」

「なにを言ってるんだ。ボクこそ〝天〟龍だぞぅ？」

ミスティアが割って入ってくれるが、アイレスは不機嫌そうに角をバチバチさせた。


と、その時だ。

「で、でっかぁー！」

ぽかんと大きな口を開けながら、千種が叫んだ。どうやら騒ぎを聞きつけて出てきたらしい。昼寝でもしていたらしく、ソファを抱きながら現れた。

「……うそだろ……これほどの異物が、ここに？」

千種を振り返った途端に、アイレスが鎌首を持ち上げて目を見開いた。

……あれ、これはまずいか？

なにやら気配が尋常じゃない。天龍の角だけでなく全身に、激しく紫電が迸（ほとばし）っている。

千種が目を細めた。

「むむ？　――簡易召喚（にゃる）」

「くらえっ！」

ズドン、と野太い落雷が千種に奔（はし）る。

と思ったのだが、それより早く、天龍の胴より太い蛸足が、千種の足下から現れた。雷を受け止めて焼け焦げながら縮み上がり――逆再生かのようにすぐに回復した。

「ほわっ!?」

「千種影操咒法（ちくさのえいそうじゅほう）――〈真蛸（まだこ）〉」

一瞬だった。千種の影がアイレスの影に伸びて連結。そして、一気に拡大した。

なんだかいやな予感がしたので、その詠唱より前に、俺はアイレスから離れて距離を取っていた。

ちなみに、ミスティアは俺より素早く俺より遠くに行っていた。

次の瞬間、空に飛ぼうとした天龍を、影の中から八本の足が伸びて捕まえる。

「むきゅっ!?」

どしん、と八本足に捕まった天龍が、地に落ちる。

蛸足のようにぬるりと影の中から現れた千種が、拘束した天龍をじっと見つめながらしゃがみこんだ。

「あ、あれ……なんでだろ……？　すごく、おいしそう……」

天龍を飲み込むほど大きな影で、目が開いた。人間のものではない瞳孔をした目が、いくつも浮き上がって龍を見る。

「うひぃっ!!」

俺は千種の小さな頭頂部に、ぽんと手を置いた。

「お客さんを、食べようとしないでくれ」

「あっ、お兄さん」

千種が振り返る。蛸足が消えて、影が元に戻った。

ぐったりと地に落ちている天龍を指差して、千種が首をかしげる。

「なんですか、この人――この、龍？」

「飛竜が見たくなって遊びに来たらしい」

「へー……はっ！　いきなり雷で打たれましたけど!?　こっわぁ……」

そんなことを言いながら、千種は天龍に対して俺の後ろに隠れた。

「たぶん今回は、相手のほうが怖い思いしてるんだよな……」

しかし、

「……千種って、万全で本気だとちゃんと戦えるのか」

そこが意外だった。

「うへへ、わたしは冒険者で最強だったんでした。まあ、久しぶりに闇からの声聞くまで、忘れてましたが！」

「ここだと千種が戦う必要って、特に無いしな」


天龍は目を見開いて、俺を見ていた。

「あ、相性が最悪すぎる……神璽（レガリア）くんが抑えてくれてるってわけか。はあー、もう……」

のっそりと体を起こしたアイレスが、ふいっと上を向く。

小さな落雷がその体に落ちた。そう思った時には、天龍の巨大な体はそこに無かった。

幼いと言っていいほど小さな体軀（たいく）の、長さを切り揃えた白い髪を王冠のように輝かせた少女がそこにいる。大きな瞳を不機嫌そうに歪（ゆが）めている。なにより驚いたのは、その頭に戴（いただ）いた龍の角と背後にある竜の尻尾——ではなく、

「着物だ……和服なのか」

着ているのが、着物だったこと。

相手が誰なのかは、まあ角と竜尾がある時点で、一人しかいない。

「ふふん、人化したこの姿なら、ボクを食べづらいよね？　やめようね？」

整った顔で、ずいぶん情けないことを言っているアイレスである。

「可愛い……美少女……態度大きい……陽キャ……？　敵……？」

俺の後ろにいる千種は、慎重に判定しようとしている。陽キャでも食べちゃダメです。

「しょ、少女じゃないよ？　天龍に性別って無いからね！」

「お、おとこのこ……!?　ひえぇ……!!」

千種の判定は、そこでバグったようだ。


「無いというより、雄でも雌でもあるって言うんじゃないかしら……？　子供も産めるんだから」

戻ってきたミスティアが、そんなことを言う。

「ソウジロウ、どう思う？」

「そうだな……」

全員がこっちを見るので、俺は当たり前のことを言った。

「とりあえず、二人とも喧嘩はしないように。特にアイレス」

「はーい」「あっ、はい。大丈夫です。弱いし」

「千種は余計なこと言わない」

「あっ、はい……」

千種とアイレスに停戦協定を結ばせて、一件落着ということにした。

アイレスは飛竜を見に来ただけのようだし、満足したら帰るんだろう。


「でもまあ、ちょっとかわいそうな目には遭わせたから、パンは焼いてあげよう」

サイネリアの友達らしいし、ちょっとくらいおもてなししてあげようと思う。

なにしろ、米とお酒は彼女（彼？）のところから、サイネリアがちょろまかしてきたわけなので。

「わ、わたしの取り分が減る……？　にゃる……」

「食い意地張らない」

「はい……」

「パン一つで天龍を落とそうとしないでおくれよ」

アイレスは引きつった笑い顔をしていた。

すまない。この子は一回餓死直前を体験してるせいでな……。

第四十八話　妖精酵母

アイレスはサイネリアの言っていたとおり、パンを焼いたら喜んでいた。

「こいつは美味い！　ふわふわで、口の中から温かい匂いでいっぱいになる！　パンの中にほんの少し甘酸っぱさがあって、クセになるね！　一つ食べたらすぐ次を食べたくなる！」

深窓の令嬢もかくやという風体の美少女――美少年（？）――が、両手にパンを握って興奮している姿は、ずいぶん面白い光景だ。

まあ、自業自得とはいえ千種が本気で怖がらせてしまったようなので、その罪滅ぼしみたいなものである。

よっぽど気に入ってくれたらしい。

四人前はあったのだが、それを全部一人で平らげてしまった。千種は恨めしそうにしていた。


その後、アイレスはどうやら人化したまま、大人しくしていることを選んだらしい。ハンモックに近い体勢で座れるキャンプ椅子とテーブルで安らぎながら、飛竜が寝そべっているのを目を細めて見ている。

ちなみに、家具とお茶はアイレスが勝手に持ち出していた。

「美味しいパンをありがとう……あんなの初めて食べた……」

山ほど焼いたパンをあっという間に食べきった姿から、かなり喜んでるのは見るだけで分かっていた。

「妖精酵母が良い味してるからなぁ」

生地を発酵させただけでろくな調味料も無い割に、その味はかなり現代のパンに迫っている。

「まあ、小妖精（ピクシー）が次々パン生地に飛び込んでるの、ボクはいったいなんの儀式を始めたのかと思ったよ」

「確かに……」

砂糖を溶かしたお湯で小麦粉を混ぜて、その中に小妖精（ピクシー）が飛び込んでいく。そして、生地をよく捏ねて休ませる。

見た目としては、小妖精を練り込んでるに近い。いや、飛び込んだあとに、小さいのがふわふわ生まれてるので、死んでないはず。自分から喜んで宙返り（ムーンサルト）で飛び込んでいくし。

幻想的な見た目なのに、妖精はやはり妖精（イタズラっ子）なのかもしれない。

しかし、できあがったパンの美味しさはイタズラを受（う）け容（い）れるだけの味になっているのだ。仕方ない。

「ジャムを塗るとまたこれが、罪深い甘さだねぇ。こんなにもシンプルで、こんなにも美味しい調理法があるものなんだ。腐った臭いをショウガだのコショウだので誤魔化した、果物の残骸の塊ばかり作る人間たちに、教えてやりたまえよ」

「保存食代わりにジャムにしたけど、ドライフルーツとかにしてもいいな。素材の味が良いし」

「天龍としては、何より神気に満ちてるところが好印象かな」

妙なことをアイレスが言い出した。

「それたまに言われるな。神気ってなんなんだ？」

「神性に触れたものが帯びる気配。それが神気だよ」

「あると違うのか？」

アイレスは、口いっぱいに頬張ったパンを嬉しそうに飲み込んでうなずいた。

「もちろん大ありだよ。神性を帯びたものは、存在が明らかに感じられる。特に天龍族のような種族にとってはね。そうだなぁ、汚れた水を、綺麗に濾過したのと、似てるかな？　水を味まで感じるのは、汚れたままでは無理だし、飲み込むのもなめらかになるだろう？」

「なるほど」

「神性を〝使える〟段階にまでなると、さらに話は変わってくる。自らが使った能力以上の力が、結果に表れるのさ。それが神性を振るうということ。力の効率や運が都合の良い方へ働く。まさに、神様のお気に入りや、神様そのものになったみたいにね」

「ああ、なるほど。よくわかった」

〈クラフトギア〉を使っている時に、その感覚はいつもある。

「神気を感じ取れる種族が。それを浴びたり食べたりするのに心地好さを感じるのは、そういった未来の成功を食べているようなものだからさ。人間だって、渇いている時に水を飲んだり、腹が減っている時にご飯を食べたりすると、味以上のものを感じるだろう？　それと、同じ感覚さ」

「ふーむ……じゃあ、アイレスにとって、そのパンは美味いのか？」

「ものすごく美味しい。何度食べても、お腹が空いてる時に食べてる気分で食べられるのに、味まで絶品だ」

「それはちょっと羨ましいな」

「今なら、チグサの気持ちもわかるよ。ボクも、パパ様と奪い合いになったら戦うかもしれないねぇ」

アイレスが真剣に悩むようなそぶりを見せている。その時は俺がもう一つ焼くことになるんだろうか。親子喧嘩はちょっとやめてほしい。


「にゃるるる……取り分……」

そして、そんなアイレスを、同じようにパンをたっぷり頬張りながら唸っている千種がいる。

「昨日と同じぐらい食べただろ？　ほら、そろそろ働きに行くぞー」

昨日よりいっぱい作ってあげたのに。そんな女子高生を引きずって。今日の現場に連れて行く。

「にゃるらあぁぁぁ……」

「働きたまえにんげーん」

天敵が遠くへ連れて行かれるのを、アイレスは嬉しそうに見送っていた。


さて、その翌日。

「おや、おはよう人間。よく眠れたかい？」

「またいる。しかも早い……」

満足したと思っていたアイレスが、またもいた。昨日は、夕方にはいなくなっていたんだが。

椅子とテーブルを出しっぱなしで、勝手に帰ったのに。

「うん、一回帰ったんだけどね。明け方前かな、ふと思ったんだ。きっと、朝早く行けば寝転がって寝てる飛竜が見れるぞって」

「それだけのために？」

「うん。霊体化してすっ飛んできた」

サイネリアが言っていたことが正しいなら、たしか遠い僻地に住んでいるはず。ちなみにサイネリアの感覚だと、ブラウンウォルスくらいならまだ『近場』の範疇らしい。

「あと、朝ご飯ほしい。力を使ったせいで、お腹がペコペコなんだ。あ、倉からお米持ってきたよ。ほらそこに置いておいたから。だからいっぱい食べたいな？」

もじもじしながら言っている。うーん、ご飯が美味しい猫カフェみたいな扱いされてる？

「にゃるるる……」

ステイ。千種ステイ。

というか、お互いに相性が悪いと思っているかもしれないが、餌付けされているのは同じである。

「……川で沐浴が終わったら、用意するよ」

「あ、そうなんだ。じゃあボクも一緒に行くよ」

「飛竜を見に来たんじゃ？」

「もうこっそり見たよ。いやー、やっぱりかわいいね、愛らしいね。毎日でも見れる。今ボクの最推し。だから語らせて」

どうやら語る相手がほしかったらしい。布教活動というやつだろうか……。

お米ももらえることだし、まあ受け入れていこう。なるようになる。

「神璽くんには、推しっている？」

「若い子の概念難しいから合ってるか分かんないけど、俺をここに送ってくれた女神様かな？　向こうに神殿も作ったし」

「そういえば、向こうから強い神性を感じるね。よし分かった。ボクも後で見に行くよ。ご飯のお礼にね」

「それは歓迎だ。案内するよ」

今の俺の生活を支えてくれてるのは、女神様からもらった力である。その恩恵にあずかっているのだから、感謝の気持ちを忘れないように、誰かに語ったりはしておきたい。

もしかしたら、古い種族だという天龍族の誰かが、あの女神様のことを知っているかもしれないし。

「ま、とりあえずは川だね。行こう行こう」

アイレスは跳ねるような足取りで、川へ向かうのだった。

第四十九話　天龍族のご挨拶

「なかなか気持ちのいい川じゃあないか」

アイレスが、なぜか俺と一緒に川に入っていた。

少年とも少女ともつかないような、ただし、美しいことは確かな見目の相手が一緒に沐浴をするのは、どうかと思った。

しかし、人数で言えば確かにこの分かれ方が自然な流れである。天龍に、沐浴の必要があるのかは分からないが。

「水が冷たいとか、そういうのは大丈夫か？」

「ご心配なーく。ボクは天龍だよ？　水の加護だって持ってるんだ。まさか、この程度の水で害されるわけはないさ」

なるほど、確かに。あの大きな龍の姿で、水が苦手ということはないか。

「この川にさ、水車小屋を建てたりはしないのかい？」

「それもありなんだがな……。けど、なくても困ってなかったからなあ。〈クラフトギア〉があったら、たいていの物の加工はできるし。千種がいれば、力仕事も特に問題がなかった」

「機械より生産力を持つんじゃないよ、人間」

アイレスは裸身を川に浮かべながら、呆れたようにそうつぶやいた。

「しかし、天龍族っていうのは、けっこう物知りなんだな」

「数百年も生きているんだ。これくらいは基礎教養だよ。知識がないと、同じことの繰り返ししかできないじゃあないか。本能だけで数百年も生きるのは、つらいよ？」

そうかもしれない。

「まっ、でもそのせいで足が鈍ることもあるんだけどね。ボクのパパ様がそれなんだよ」

唇を尖(とが)らせるアイレスだ。

「何か問題でも？」

「なんだかまだこっちに来るのを渋っててねぇ。ボクはさっさと顔を出して、とりあえずテキトーにお願いしちゃえばいいって言ってるのに」

変なことを言う。

「お願い？」

「飛竜が見たいとか、他にも色々。でも、パパ様はいったん使いの者を送って、それで挨拶をしてもいいか探ってからとか。そういうことを考えているみたい。なにしろ数百年ぶりに出てくる神璽(レガリア)で、森を開拓して、妖精経由とはいえ宝までもらってしまっている。それなりの贈り物とかを用意しないとってさ」

そんなことで悩まれても。手土産なんて無くていいのに。

「……確かに、ちょっと大げさだなぁ」

ただ、森で暮らしてるだけなのに。

「パパ様は頑固でぇ、無愛想でぇ、ボクとは大違いなんだよ。見たらびっくりするよきっと」

アイレスが肩をすくめている。

ちょっと不安になってきた。お宅の息子（娘？）さんと裸の付き合いしてますって言っても大丈夫な相手なんだろうか？

「……あれ？」

と、アイレスが空を見上げて首をかしげている。

俺もそちらを見る。

何も見えない。しかし、なんとなくだが何かがいる気配がする。気がする。

「パパ様じゃない？　おーい！」

アイレスが思い切り手を振った瞬間、遥か空の彼方から、小さな光が川に落ちた。

「きゃうっ!?」

いや、正確にはアイレスに。

小さな体をびくりとさせて、天龍の姿が水の中に沈む。

一瞬慌てたものの、アイレスはすぐにざばりと立ち上がった。

「……やっぱいかも。怒ってるっぽい。ちょっと迎えに行ってくるね」

うわー、とか小声で漏らしつつ川から上がるアイレス。ひゅん、と頭を一振りすると水滴がはじけ飛んで、濡れた体は一瞬で着物を着たもとの姿に戻った。髪の先に湿り気すら残らない。

が、その背中はいかにも怖々と親に叱られに向かう子供のような、しょんぼりとした気配だった。

……俺も早く上がるか。

たぶんだけど、その方が良さそうだ。


放牧場には、悄然と正座するアイレスと、凛々しくも端正な顔立ちを持つ、長身の男性がいた。

「私は天龍族のラスリューと申します。神樹の森を統べる神璽、総次郎殿にお会いするために、西方より参りました」

十分に年齢を重ねてもなお中性的な美しさのある容姿で、少し憂いを帯びているような面差しで名乗る天龍。

俺は相手の緊張をほぐすために、あえて軽く頭を下げてにこやかに返礼する。

「どうも、俺が桧室総次郎です。アイレスのお父様ですか？」

が、娘の名前を出すと、彼はますます眉を寄せた。そして、深々と頭を下げてくる。

「……先ほどはお寛ぎの最中に、失礼いたしました。本当に申し訳ありません。どうか非礼をお許しくださいますよう、お願い申し上げます。一人娘が勝手な真似をしていると知って、いてもたってもいられませんでした」

「いやいや、顔を上げてください。元気なお子さんでいいじゃないですか」

田舎の出身なので、二日三日くらい勝手に家に上がり込まれたみたいな雰囲気になってしまう。

「そう言っていただけると助かります……」

ちなみに話題のアイレスは、親の後ろでしゅんとしたまま成り行きを見ていた。

「それに、俺はこの森に勝手に住み着いてるだけで、統べているわけではないですし……」

「？　サイネリアから聞くところでは、神樹の森を伐り拓き、精霊を従えている、と……」

「わりと懐いてくれてます」

空気を読まずに放牧場に現れた飛竜が、後ろから腰に頭をごりごりこすりつけてくる。

ラスリューの目が少しそちらに奪われるが、何度もまばたきをして、視線がこちらに戻ってきた。

「……なるほど、つまり、彼らが自ら懐へ入ることを承諾された、というなれそめである、と？」

「まあ、そうですね」

かなり強めに飛竜の口元を撫でてやると、そのままぐぎゅぎゅと喉を鳴らしながらぴったりひっついて動かなくなった。

こんな情けない姿でとても申し訳ない。

「……だいぶ合点(がてん)がいきました。申し訳ありませぬ。あの大妖精(アークフェアリー)は、伝えることが今ひとつ要領を得ませんで」

ラスリューは微苦笑を浮かべてうなずいていた。

「分かります。まあそういうことなので、そんなに硬いことを言わずに。もっと楽にしてください」

「ありがとうございます。あ、良ければこちらをお受け取りいただければ」

と、ラスリューが手のひらを上に向けると、そこに降ってわいたように布包みが現れた。ラスリューの手の上ではらりと布がほどけると、

「玉？」

とても綺麗な、拳大の珠が現れた。

「いろいろと考えたのですが、これが一番よろしいかと。アイレスが迷惑をかけたお詫びと、お近づきのしるしとしてお納めください。龍の宝珠です」

「いや、こんな高価そうなものはちょっと……」

俺の遠慮にラスリューは微笑んだ。

「いえいえ、これからなにかと娘がご迷惑をおかけすると思いますし……。どうぞご遠慮なく。これは私が作ったものです。あの柔らかく、そしてモスシルクでできたソファをいただいてしまったことですし、私も自分の手で作ったものを受け取っていただければと……」

「そういうことでしたら……」

龍の宝珠を受け取って、俺はそれを見つめた。

「それには水の加護があります。貴方ほどの神性があれば、いくらでも清らかな水を湧き出すこと

ができるでしょう。水難が近づくこともありません」

やっぱりすごそうなものだったんだが？

とはいえ、この森は湿気も低いし水害に困るようなことはなさそうだから、どこかに飾るくらいしかなさそうだ。

「……清らかな〝お湯〟でもいいんですよ」

こっそりと言われた言葉に、俺ははっとする。

なんてことだ。これはまさに宝だ。

「仲良くしていただければ、と」

ラスリューの言葉に、俺は力強く手を差し出した。

「こちらこそです。可愛い娘さんも、大歓迎します」

「ありがとうございます」

たおやかな手が、俺の手を握り返してきた。

「あの、ところで……私も、飛竜を撫でてもよろしいですか？」

恥ずかしそうにそんなことを言われた。もしかしてこれ、ラスリューも入り浸るつもりで宝珠を差し出したのでは？

まあいいか。

さて、これで俺は……お風呂が作れてしまうことになった。大変だ。

第五十話　森の中にお風呂を作る

実のところ、川辺にお風呂を作る計画はずっとあった。

他に作るものがいろいろとあったので後回しにしていた。川で沐浴をするだけで、グリフィンの爪がかなり体を綺麗にしてくれるので。

しかし、ラスリューがくれた宝珠からは、少しずつだがこんこんと水が湧き続ける。しかも、左手の指で触れて時計回りに回すとだんだん温度が上がる機能もついていた。

「水の加護を蓄えるついでに、何か面白みを少しつけられないかなあとね。素材に火の気配があったもので、つい一手間をつけてみたくなった宝珠です。おかげで二百年以上もかかってしまって」

とのこと。

ミスティアによれば、宝石を珠玉に変換するのに数十年。宝珠にするのに、百年くらいはかかる。一手間を入れてみたくなる個数は作ってるということなので、ラスリューが生きた時間はよほど長そうだ。


いつも作るモノだけで物足りなくなるというのは、こだわりを感じる話だ。ものづくりを楽しむ者として、なんだか共感してしまう。

そんなものをもらっておいて、作為を感じないというのも無理な話だ。

つまり彼は「これでできますよね。やらないんですか？」と言外に誘っているようなものである。

ここへきて、違う分野の職人がいきなり隣に現れたような気分だ。張り合いがある。

というわけで、俺はさっそく浴場を作ることにした。


あまり難しいものを作るつもりはない。

とりあえず浴槽を置いて、周囲を三和土（たたき）と板材で囲うくらいか。


まずは浴槽を置くための基礎だ。

川辺で建設予定地を選ぶ。川べり近くの土手の上にちょうど良さそうな場所があったので、そこにした。というか、もともと探しておいた候補地の一つだ。

浴場を作る予定地に棒を立てて、縄を張る。これが建設予定地だ。次に、草や石を除くために土手を広く浅く掘り返して、余計なものを取り除く。土がむき出しになった土手は、杭（くい）と板で土留を作っておく。

これでまずだいたいの下準備完了。

次に祈る。今から頑張りますという気持ちで手を合わせておく。誰に？　女神様に。

そんな俺の前で、地面の上を走り回るウカタマ。

「どうですか親方？」

遊んでいるわけじゃない。水平を確認しているのだ。遊んでいるのは、その隣を走るマツカゼである。

「走ってもいいけど、穴掘っちゃダメだからな？」

マツカゼにそう告げると、口を開けてしばらく静止した。やりたかったんだな……？　穴掘りしようとしたら、縄張りの内側からは追い出そう。

ウカタマが親指を立てた。水平はＯＫだ。まだ地均しなのでだいたいでいいしな。都度見ていこう。

地面を浅く広く掘ってから、全体をタコ――これは魔法じゃなく工具の『蛸胴突き』だ――で突き固め、ウカタマに樹皮の水道管を渡して設置してもらう。

今度は千種の出番だ。

闇魔法で地面に砕石を広げてもらう。風呂の計画は以前からあったので、素材は割と集めてあったのだ。大きめの硬い岩なんかは、ミスティアにも見つけたら教えてくれと頼んであった。

デカくて硬い御影石(みかげいし)を見つけて、〈クラフトギア〉で一撃入れることで簡単に砕石は作れる。

千種の影がするっと地を舐(な)めるだけで、そこには砕石が敷いてある。その上から、もう一度タコで突き固めていく。

次は全体に三和土を乗せる。三和土とは、昔ながらの和製コンクリートである。

ウカタマが掘ってきた粘土と砂土。ミスティアが持ってきてくれた卵の殻を、魔法で焼いてから粉末にしたもの。そして水。

と、なぜかムスビがこれも混ぜろと鱗粉のようなものを振りかけた。ちょっと粘度が増した気がする。

それらの原料を、切り株をくり抜いて作った容器に全部入れて、千種の蛸足がぐるぐる回して混ぜ合わせた。

粘土質だからか、砕石と違って魔法では敷けなかったので、ウカタマと俺で広げて叩いた。

〈クラフトギア〉の力か土の精霊獣の力なのか、砂でも伸ばしているかのように簡単だった。叩き締めるのも、一発で石のように硬くなる。

乾かすまで時間がかかる——予定だったんだが、ミスティアが魔法ですぐ乾燥させてしまった。

ここまででも、けっこう日数がかかるはずの工程をかなり短縮している。

しかし、これはブッシュクラフトであって建築ではない。

「これは建築じゃない」

「えっ……？」

ついそう独りごちると、千種がなんだか妙に疑わしいような顔をしてくる。

「ただの趣味の手探り手作業で、思ったとおりの予定にはならない時もある。そう思わないか？」

「あっ、はい。……普通は、予定延びるんじゃないです、か？」

首をかしげながら、そんなことを言う千種。

「正論言わないでくれ」

「え、ご、ごめんなさい」

なんだかブッシュクラフトから、片足くらい外れているような気はしてるんだ。自分でも。

趣味で作るにはちょうどいい程度の負担で、ここまでできてしまっていいのかな、という気持ちがあった。

あったが、やはりお風呂はほしいので、まあいいか。

さて、浴槽を作ろう。

かなり大きなものだ。なにしろ露天風呂である。

当然だが、板材は使いたい放題なので、香りの良いヒノキに似た樹を選んで加工する。

贅沢（ぜいたく）にも節が無くて綺麗な白い肌をした板材だけを集め、継ぎ手を組んで伸ばし、巨大な浴槽を作り上げていく。

浴槽を大きくすると当然ながら水の重量に耐えなければならないので、けっこう分厚くした。

分厚くしなくても耐えられそうな硬さをしてるけど、気分だ。

一度に十人くらいは入れるんじゃないか、という広さの長方形の浴槽ができた。

木工はずっとやってきていたから、これくらいの加工はもはやお手の物である。

あとは外側に、防水用のフィルムを貼って完成だ。

次は、作った浴槽を設置しないとならない。

先ほど作った基礎の底部を、さらに自然石と三和土を使って硬く補強しておく。

そして、木で浴槽を置く足を作っておく。

穴の底は排水管に向かって全体的にわずかながら勾配が作ってあるので、木の足を置いて調整する。

乾いた基礎の穴の底に、四角く加工した硬い木を置いて、自作の水平器で水平を取っていくのだ。

水平器は、水を張った容器の上で『固定』した透明なＣＮＦ(セルロースナノファイバー)フィルムに入れた色水で作れたものがある。

足を基礎に『固定』して、浴槽を穴にはめ込んだら、足と『固定』する。

物が大きいので、千種の無重力魔法と蛸足だけでなく、ミスティアにも手伝ってもらって慎重にはめた。

「オーライ、オーライ、オーライ……ストップ！」

「あっ、あハイ！」

「なんだか呪文でやりとりしてる……」

あとは、簡単な話だ。

自然石と三和土で、張り石構造にしながら周囲を固める。水回りに気を配って、ウカタマが作ってくれる排水口にいくように調整。

簀の子と簡単な棚を置いて、脱衣所も設置しておく。

「浄めの水が湧く宝珠を使うのに、体を洗う必要なんてあるわけないじゃないか」

とアイレスは言うが、泥を被っている時にいきなり湯船に入るのもちょっとためらわれる。体を流せるくらいのスペースは、浴槽の横に作っておく。

いずれは屋根とかもつけたいが、ともあれ、準備は整った。

「後は『天龍の湯』にするか、それとも『女神の湯』にするか……」

名前をどうしようかと考える。

「どうぞ、女神様の湯でいいですよ」

宝珠を提供してくれたラスリューが言うので、そうなった。

宝珠を安置するために、女神の像を彫った。よくある『水瓶を持つ乙女の像』を、女神様に似せたものだ。水瓶からお湯が湧き続ける。

水瓶の中に宝珠を入れてから、

「念じてみて。ソウジロウなら、それだけでいいと思うから」

「念じて……お祈りか？」

「なんでもいいと思う」

ミスティアの言うとおりにする。両手を合わせてお祈りすると、お湯が流れ出してきた。便利。

この像を湯船の近くに置いて、常に湧き続けるお湯が浴槽に注がれるようにすれば、仕組みとしてのお風呂が完成だ。

「わあー、すごくいいわね！　こんなの思いつきませんでした！　才能あるのね！　え、異世界によくあるもの？　でも作っておこうって思えるのは、センスだからいいじゃない」

と、ミスティアはこの仕掛けをとても褒めてくれた。

物珍しいのかもしれない。

お風呂がすでに一般的でもないようだし。

「あの、天龍の湯にしてたら、龍の像だったんです、か？」

「そうだけど。口からお湯を出す感じで」

「……それって、手水舎(ちょうずや)では？」

想像してみる。なるほど、大きさを無視すると手水舎だ。

宝珠の仕組み的に、源泉掛け流しがいちばんいいだろうとラスリューに言われたので、お風呂のお湯は常に溢(あふ)れることになった。

排水についてはウカタマが水路を掘ってくれている。川の水と混ぜて温度を下げてから、川へとそのまま捨てることになる。

温泉のように鉱泉が湧いているわけでもなく、川の生き物にも悪しき者以外には無害だそうだから、まあいいかとなった。

「ただ、イビルスライムはここより上流にしかいなくなるかもしれません」

「あれって悪しきものだったんだ……。ソファにしてたら、ダメか？」

「大丈夫でしょう。神器で削られて、浄化されないものなど、ありません」

ラスリューとそんなやり取りもありつつ。

ともあれ、とにかく。

「お風呂が完成してしまった……！」

感慨深い。ついに達成してしまった。

なんということでしょう。森の中のその奥で、緑多い景色を眺めながら川の水音を楽しむ、開放的で癒やしの空間を実現した露天風呂があります。

川のせせらぎと流れるお湯の音がもたらす音の癒やしと、心地好い肌触りの総檜造りの浴槽が全身を包み込み芯から温める。

野外に作られた広大な浴槽は、足を伸ばせるどころか泳げるほど。十人やそこら入っても、狭く感じないだろう。

「これだけ大きいなら、一緒に入れるねぇ」

「いや、時間帯で分かれればいいと思うけど」

ただまあ、たぶんだけどマツカゼあたりも入りたがりそうだから、浴槽を大きく作らないといけなかった。

複数の浴槽を作るというのは手間が増えるので考えなかった。なにしろ、源泉が一つだし。

「せっかく広々と作ったんだ。別にいいんじゃあないかな？　それに、見栄えが悪くなるし」

アイレスは気楽な調子でそう言った。

そういうものだろうか。たしかに、屋根も壁も無いのに衝立(ついたて)だけ作ると見栄えが悪いけど。

……見栄えが悪いか。見栄えが悪いのは、ちょっとなぁ。

「直してって言われたら、直そう」

さて、この露天風呂は形だけ仕上がったのが昨日の夕方で、宝珠を設置してお湯が溜まるのを一晩待ったのである。

まあまだ屋根とか、作りたいところは残っているけれど、その辺は後で考えよう、後で。

今は、

「女神の湯、さっそく味わおう……！」

なんだかものすごく久しぶりのお風呂というイベントに、さすがに俺は高ぶる衝動を抑えきれず、朝風呂へと突撃するのだった。

第五十一話　大集合する露天風呂

完成した大浴場をさっそく使ってみた。

まず足だけ浸かれるように、そして湯船の中で座れるように、風呂の縁には段差を作っておいたので、足湯のようにまずは足先から体を温める。

なかなかいい湯加減だ。

そこで気付いたが、少し水も用意しておいたほうがいいかもしれない。

湯船の温度を調整するのに、水源の調整だけだと時間がかかる。まあこの辺は、今後の課題としておこう。

今日はとりあえずじっくり入ってみて、いろいろと確かめるのが先だ。

それに、

「肩まで入れて足が伸ばせる風呂って最高……」

全身浸かれて、じっくり入れて温まれる風呂がある。それに優（まさ）るものは今思いつかない。

かけ流しの温泉（のようなもの）を、こんなところで味わえるとは思わなかった。

森の中の川辺で、さわやかな風が吹き抜けている。聞こえるのは女神像から注がれるお湯が浴槽に波打つ音と、近くを流れる川の流水。森の木々が奏でる葉擦れの音。

絶好の癒やし空間だった。

そんな中でまったりと体を温める。

なかなか良い出来だと言えるんじゃないだろうか？　いや良い出来だ。そう決めた。

「ムスビ、ウカタマ、気持ち良いか？」

一緒についてきて湯船に浮いてるムスビに語りかけると、ムスビはプカプカと漂いながら少し羽を動かした。多分同意してくれてる。

ウカタマは沈んでしまうのか、段差の部分で立ったままぽけっとしている。しかし、その顔はリラックスしているように見えた。

ウカタマは今回の作業では、ずっとついて手伝ってくれていた、一番の功労者と言ってもいい。

そんなウカタマが、どこか遠いところへ意識を飛ばしているようにすら見える顔で、リラックスしている。これはとても良かった。

ぼうっと考えていると、背後から動物が走ってくる気配がした。その勢いは落ちず、そのまま浴槽に飛び込んでバシャンと音を立てる。

ちょっとびっくりしたが、すぐに飛び込んだものは、ぷかりと浮いてきた。その正体はマツカゼだ。知ってた。

朝の沐浴によく付き合っているマツカゼは、すぐに風呂にも適応して、犬かきでこっちに寄ってくる。

毛がしんなりしたその姿にちょっと笑ってしまいながら、顎を撫でてやる。

大集合だなこれ。

もしかしたら、飛竜も寄ってくるかもしれない。だが、大きい浴槽はまだ幼い飛竜ならたぶん入れる。

「みんなで楽しめるように、俺もなかなか頑張ったと思うんだ……」

こうして集まると、わざわざ大きく作った甲斐がある。

そういう可能性もあるかと考えた結果の巨大浴槽だったので、これは正解だったと思う。

「いいでしょう。優秀な妖精は、素直に褒めてさしあげます。景観と使い心地を両立させようと苦心した、職人めいたこだわりを感じる場所です」

妖怪のパパさんスタイルだな……。

風呂桶を小さな湯船代わりにして漂うサイネリアがいた。

入っているのが幻想的で見た目だけでも高貴そうな妖精なのは、なかなかシュールだが。

「あっ、お風呂だ。うわー、久しぶり。久しぶりだー」

お湯を楽しんでいると、珍しく千種の明るい声が聞けた。

……早く交代してあげないといけないかもしれない。

もうちょっと入っていたいけど、やっぱり千種も温泉には惹きつけられてるだろうか。どれくらい待っていてもらえるか、それは怪しい。

「うへへ、でっかい温泉なんて、この世界じゃ本当に一部の国の一部の土地にしかないからなー」

振り返ると、千種はさっそく脱いでいた。

……ん？

さも当然のようにすでに入ろうとしている。

「温泉は語弊があるんじゃないかな？　だって、これパパ様の宝珠だよ」

謎の力で着物を消し去ったアイレスもいて、すでに湯船に足先を浸けようとしている。

「いやあの、二人とも？」

「あっ、まだダメでした……？」

千種がびくりと足を止める。アイレスが笑った。

「なにかな？　どうせもう一緒に入ってる奴らがいるんだから、ひとりじめは無理だよ。いいじゃないか」

どばんと飛び込んできた。やめなさいはしたない。ではなく、

「いやほら、見張りとか」

「天龍の加護がある温泉に、強い魔獣なんて現れないさ。弱い魔獣なら、エルフの結界で確実に惑わされる。問題は無いでしょ」

問題は無い。無いなら、いいんだろうか。

「あら、千種が自分から入ってる？　やっぱりお湯だと違うのねー」

ミスティアも来て、なんだか当然のように脱衣場へ向かった。うきうきと服を脱ぎ始めている。

そのままなし崩しで、女神の湯は一つを全員で使うようになってしまった。

ともあれ、温泉はとても好評だった。自画自賛ながら、俺自身も気に入っている。

これからは、川よりここに入ることになるだろう。ただ、ミスティアだけ「なんだか締まらない」と言って、川に入って仕上げ（？）をしていた。

サウナ後の冷水風呂みたいなものだろうか？

風呂上がりには、いつものようにご飯作り。

しかし、

「最近収穫が多いな」

果物のことだ。ウカタマやムスビはたびたび果物を運んで来るようになって、ミスティアも野いちごやベリーみたいな、小さい実を摘んでくる。

「季節ですもの」

ミスティアは薄切りにした果物を、魔法で乾燥させている。ドライフルーツだ。割と美味しい。

美味しいのはいいし、なんだかいつの間にか増えているコタマとかも、消費してくれる。

しかし、味の相性というものはあるので、果物に合わせたパンやジャムなどに加工しすぎて、小麦粉とか砂糖を切らしてしまった。

「……一度、ブラウンウォルスに行っておくかな」

補充しないといけないものが、いろいろとある。

「あら、じゃあ遠征ね。私も、またお塩とか薬草とか、いつものところへ取りに行きたいし」

「あっ、み、皆さん行くならわたしも……」

ミスティアと千種も行くことになった。

「作ったものも、一応持って行こう」

買い取ってくれるかもしれない。それに、何かこれが欲しいみたいなことを教えてくれるかも。

ラスリューが来てくれて分かったんだが、やっぱり人に求められるものを作るには、人と張り合うことも適度には必要だ。

それが自分にとっても、大きなものを作るきっかけになる。今の俺なら、嫌なものは断ればいいし、という気楽さもある。

あと、

「千種、これも持ってく？」

「あっ、はい」

大きくても重くても、千種が全部飲み込んでくれるので。

運ぶ手間がかなり楽だ。

「でも、チグサがソウジロウのペースで町まで歩けるかしら……？」

ミスティアが思案顔で言う。

それには、あらかじめ俺は答えを用意してある。

「発想の転換をしよう。千種が物を運んでくれるぶん、俺が千種を運べばいいんだ」

「ああ、なるほどね」

ミスティアがぽんと手を打って感心しているが、千種はいきなり不安そうな顔をした。

「えっ、わたし、ずっとおんぶされるんですか？」

「いや、もちろん背負い子を作って、それに座っててもらうつもり」

背負える椅子に座らせた千種を、俺が椅子ごと担いでいくようなスタイル。それを予定している。

「あー、トラックの荷台に乗っかって行くみたいな？」

そういうことである。

しかし、俺たちがそんな話をしていると、

「なんだい、水臭いなあ。ボクに乗って行けばいいじゃないか」

天龍が寄ってきてあっけらかんとそんなことを言った。

「いいのか、アイレス？」

「ちょっとそこにあった人間の町までだよね？　そんなのすぐだよ。人間三人くらい乗れるよ、ボクの背中は」

俺より千種より小さなアイレスが言うと違和感が大きいが、これはもちろん龍の姿のことだろう。あの大きな龍の姿で背に乗せてもらい、空を飛べるアイレスが運んでくれるなら、あっという間にブラウンウォルスに到着するだろう。

確かに、ありがたい提案だが。アイレスがそんなことを自分から言い出すのは、ちょっと不自然だ。

「……なにか欲しいものでもあるのか？」

天龍はへらりと情けない顔で笑った。

「えへへ、人間なのに察しが良いね。連れてってあげるから、その代わりにさ、パパ様に飛竜のお世話をお願いしてくれない？」

……ああ、怒られてた分を取り戻そうとしてるのか。

ラスリューは飛竜が大好きで、ここにいる大義名分も探している。アイレスは怒られたばかりなので、父（母？）親に恩を売ろうとしているらしい。

「わかったよ」

飛竜やこの拠点を任せられるのは、こちらとしてもありがたい話だった。

ブラウンウォルスへは、超特急で飛んで行けそうだ。文字どおりに。

第五十二話　龍が飛ぶところ

「ところで、ドラロ。最近なかなか、羽振りがいいそうだな」

「町のためだ、セデク。冗談を言うな」

いつものように絵画をこき下ろされて、しゅんとして仕舞い込みながら言うセデク・ブラウンウォルス子爵。

そんな彼の言葉に仏頂面で答える老商人のドラロは、この世に面白いことなど一つも無いとでも言いそうな、いつもの調子で答えた。

「冗談ではないとも。この町に出入りする冒険者たち。それに漁村の漁師たち。彼らが盛況になれば、自然とここも儲かる。この町では外との交易で、このドラロ商会以上の場所はない」

「要するに、前に話していた生産物がどれほど集まるかの話だな？」

「そういうことだ」

商人は、腕組みをして少し唸ってから答えた。

「よく分からん」

「分からんはないだろう。お前に分からなかったら、誰にも分からないぞ？　それでもいいのか？」

「おぬしはいち商人に町の財政を握らせて、どうしてそんなでかい態度が取れるんだ」

一つ文句を置いてから、ようやくドラロは答えた。

「森ばかりではなく、海まで大漁だということだけは分かっておる。しかし、それがどれほど続くのか、それが分からんのだ」

「……つまり今は、大漁であるということか？」

「良いところだけ聞くなバカタレ」

調子のいい相手に、ドラロが苦い顔をする。


「だが、収穫は上がっているんだろう？」

「……そうだな。やけに漁獲高が多い。海魔に怯(おび)えながらの漁労なら、そろそろ漁師たちが安い酒を飲んでくだを巻いて、暴れだしてもいいころだ。だが、奴らはどうやら良い酒を買っていく」

それは不満をぶちまけるための安酒ではなく、みんなで楽しむお祝いをするための酒だ。

発破をかけたのは領主だが、無理に働けば不満がたまるはず。

それがないということは、

「ほう、つまり。いつもよりむしろ苦労していないと」

「うむ。だから別にヘボ画家に威厳があったわけではない」

漁師たちに、いつもよりたくさんの漁をと、号令をかけたのはセデクだ。

彼らがその期待に応えようとした――というだけでは、そんなことは起きない。

無理を押して漁をしていれば、海魔に襲われて人死にがたちまち増える。ここはそういう土地なのである。

「雀（すずめ）の涙だが、おぬしが村長に贈った小舟一艘（いっそう）と漁網でも、ずいぶん感謝しておったわ。あれは使い倒しておるな」

領主から道具が貸与され、それを使って成果を上げれば納める税も増える。増えた税を気にしないほど、彼らは漁が好調なのだろう。

「聞けば聞くほど、いいことにしか聞こえないのだが？」

「海の調子が良い。村長に話を聞いた時にはそう言っておったが、本当にそれだけのようだ」

それは結構なことではないか。セデクは心にそう浮かぶのだが、ドラロは渋い顔を崩さない。

「ということは、いつまでこれが続くかは分からん。そういうことだろう」

いつ何時でも、悪い想像を捨てない商人である。セデクはやれやれと微苦笑した。

「ドラロはいつもそうなんだなぁ。喜べばいいではないか」

「儂（わし）がおぬしほど暢気（のんき）になれるわけなかろうが！」

ガンと机を叩いてセデクを怒鳴るドラロであった。

「ははは、まあ俺はここのところ、ずいぶんと楽をさせてもらっているからな」

今年の森では、狩りの収穫がずいぶん上がってきている。この町に、冒険者たちが集まりつつあるからだ。

どうやらセデクが王族と取引をしたという話題が、冒険者たちの気を引いたようだった。

噂が広まり人を呼び、一攫千金狙いの若者たちが、神樹の森に挑もうと訪れている。彼らは意気揚々と森に入り、そして這々の体で逃げ帰ってきている。いや、帰ってきているなら良い話だろう。大蛇を見つけるどころか、心臓殺しの一角兎・アルミラージに見つかって、俊敏なその姿を捉えることもできず、防具ごと体を貫かれていることも多々あるらしい。

生き残った冒険者たちは、あの魔獣をどう回避するかと、真剣に対策を練っているところだ。

しかし、奥地に行けずじまいであっても、食い扶持は稼がねばならない。そして冒険者ギルドは、そうした狩りをするために、貴族へ税を払っているのだ。

冒険者たちは文字どおり冒険に出かけ、獣や魔獣を仕留め、肉や魔石を売って生計を立てている。わざわざこちらから依頼を出すまでもなく、冒険者たちは森の恵みを町へ運んできていた。

「森の様子がおかしくなれば、冒険者たちが教えてくれる。そうなるまでは、俺と兵士たちに出番は無い。いつもの討伐遠征も無いから、農夫の警護や開拓の為に兵を使って、畑を順調に広げられている。仕事に困った冒険者が、鋤鍬を握ることもあるようだしな」

つまり、人手不足だった領地には、今急速に人足の供給が来ているということ。

「冒険者たちが多くて、少し治安が乱れている。気をつけろよ」

代わりに、ブラウンウォルスでは喧嘩や騒乱が多少なりと増えてきていた。

「そうだな。息子に言っておこう」

「働け。バカタレ。妙な絵ばかり描いておらんで」

お前は絵筆を無駄にすることばかりしているつもりか、という非難の目に、領主はその非難を打ち払うように手を振って答えた。

「いやいや、俺まで忙しく働いてみろ。きっと大変なことになる」

「なにが悪いと言うんだ？」

その時だ。

商会の扉が、勢いよく開かれた。音が響くほどの激しさで、だ。


「何事だ？」

「領主様！　領主様はおられますか!?　森に異変が！　大至急です!!」

兵士のものとわかる大音声に、領主であるセデクは、いそいそと立ち上がった。

「こういうときに動けるのは、俺しかおらんだろう？　暇をしているこそ、だ」

なんとも都合の良い時に、とドラロは眉をひそめる。

この男はいつも豪運というか、調子の良いところがある。波に乗るのがうまいのだ。波が来ない時は、ただの役立たずに成り果てているが。

実際、この手の騒乱が起きるならば――頼もしい、とドラロをして思わしめる一面があった。

「とっとと行け。こんなことが滅多にない時から、何年も働いておらんくせに」

「ワハハハハハ！　これはかなわんな！」

セデクは大笑いしながら走り去っていった。でかい体の割に、やたらと機敏な男であった。

使われていない資産があることが我慢ならない商人と、十年に一度の何かに備えねばならない領主。

その違いがあらわになってきた、とも言える。

「やつが元気になってきた最近は、この領地も変わろうとしておる時、ということか……やれやれ。年寄りにはきつい」

せめてあと二〇年、早ければと思いつつ、ドラロは窓に歩み寄って空を眺めた。何十年と変わらずにいるのは、天に浮かぶ太陽や雲くらいだろう。そう思って。

「違うものまで浮いておる!!　なぜだ!!?」

長年生きてきて初めて見るものが、まさにそこで見つかってしまった。

空を飛ぶ小さな生き物——違う。遠くからでも簡単に見つかるほど巨大な生き物。

一度も見たことはないが、そんなものは一つしかいない。

「竜族……!　これか……!!」

セデクが走って行った理由を、瞬時に悟ったドラロであった。

とんでもないことが起きている。

▼

中途半端な高さだと、魔獣が興奮して襲いかかってくるかもしれない。

ということで、だいぶ高いところをアイレスは飛んだ。俺たちを乗せたまま、苦も無くするする高度を上げて飛んだ。

数十分ほどで、すぐに目的地のそばまで到達してしまう。歩いて三日もかかったというのに。

「じゃあ、私はあっちの方だから」

アイレスの背中に乗って空を飛ぶさなかに、ミスティアが立ち上がってそう言った。岩塩を取りに行ってくれるらしい。町とは少しだけ離れたところにある。とのことだが、上空から見るとわかる。

「あの山の方？」

「そうなの」

ミスティアが指差すほうに、岩山がそびえ立っていたからだ。

アイレスが大回りしてそちらに近づくルートを取っているが、まだ少し遠い。

「チグサ、十秒だけ無重力くれる？」

「あっ、はい」

ミスティアはそう言って闇魔法をかけてもらうと、にっこり笑った。

「ありがとう、じゃあ行ってくるねー」

そう宣言すると、いまだ空を飛ぶアイレスの背中から跳躍。空中で魔法陣を蹴って加速し、凄まじい速度で飛んでいった。

「い、いってらっしゃい」

砲弾みたいに飛んでいった。

すごいことするな……。


「じゃあ町の方に行くよ。ゆっくり降りるとめんどくさいから、神璽くんたちも途中で飛び降りてね？」

「えええ〜!?」

千種は悲鳴を上げていた。闇魔法で重力を打ち消す役がそれだと困る。

「じゃあ、俺が背負うから、千種は魔法使ってくれ」

「ら、ラジャです……」

ダメだったら〈クラフトギア〉でなんとかするしかなさそうだ。

さて、久しぶりの人里だ。あの門番に忘れられてなければいいけど。

いざとなったらドラロさんにでも頼れば、まあ大丈夫だろう。よし。

第五十三話　森のあるじ

町のすぐ近くの森で、アイレスが低空で人化した。

俺と千種は、二〇メートルほど落ちて着地。そこから歩いて町に向かう。

門まで近づくと、前回とはうって変わって、人だかりがあった。

「あっ、冒険者と兵士がわらわらいる……」

「ちょっと時間かかるかな？」

前は全然人がいなかったのに。何か盛り上がることでもあったのかな？

景気が良いのは良いことだ。しかし、町に入るにはちょっと待たないとダメそう。

「おあっ！　ああ、そこのアンちゃん！　エルフの連れの！」

人だかりの中から、俺に向かって手を振る人がいた。顔に見覚えがある。以前来たときにもいた門番だ。

周囲にはたくさん人が集まっていたが、こちらに気づくと全員を無視して呼びかけてきた。

「ちょっと待っててくれ！　頼む、ちょっとだけな！」

「あ、はい」

そう言い置いて、門番が町の中に走っていった。

そしてすぐに、

「あ、セデクさん。こんにちはー」

「来たか、ソウジロウ殿！　いやいや、そんな気はしていたよ！」

画家さんが現れた。

周囲の人から、視線が集まる。なんだろうか？

「さあさあ、早く入ってくれ！　共にドラロのところに行こう！　森のあるじが来てくれたのだから、俺もドラロも大歓迎だ！」

人だかりを押しのけて、とてもとても大仰な素振りと声で招いてくれる。

周りの人たちも、なにやら神妙な顔でこちらを見ていた。

注目されてしまっているなー。

しかし、

「森のあるじというのは……？」

「大魔獣を物ともせずに仕留め、エルフと共に暮らすお方だ！　森のあるじと言うほかあるまい！」

コンビニで『骨なしチキン』みたいに呼ばれてるような感じだろうか。一回しか来てないのに、あだ名をつけられているとは。

まあいいか。

「ええっと、連れがいるんですが、いいですか」

「かまわんかまわん。連れて入ってくれ」

俺は助かるけど、いいんだろうか。

「オレとドラロの客だからな。借金がある相手を待たせられん！」

「なるほど」

俺も借金した相手が目の前でまんじりとしているのは、居心地悪いかもしれない。

お言葉に甘えさせてもらおう。

「領主様に、借金？」

「手持ちが足りなかったらしくて。……領主様？」

「セデクって名前で、貴族っぽい振る舞いしてる人なら、この町の領主様だと思います、けど」

千種にそんなことを言われてしまった。

……画家さんじゃなかったのか。

「すみません、知らなかったです」

「かまわんかまわん。説明しなかったのはこちらだ」

セデクさんは鷹揚に笑って手招きした。

「森に住むそなたが、落ち着いた様子で歩いてきてくれた。それだけで、俺の方の問題は、もう解決したようなものだ。とてもありがたい客人だとも」

「わーお、顔パスじゃん」

アイレスが機嫌良く門をくぐる。物怖じしないなーこいつ。

まあいいか。俺も行こう。

「森のあるじ様がここにいる！　竜がどこへ消えても大丈夫だ！　さあ散った散った！」

俺の背後で、門番が叫んで、ぞろぞろと人が散っていった。

「すみません、歩いてきたんじゃなく飛んできたんですが、それで大丈夫ですか？」

「……と、飛んできた、のか」

呆れたような半笑いの顔で、セデクさんはちょっと引いてた。俺もあのアイレスの姿を見た後なので、気持ちちょっと分かる。


俺はドラロさんの店に着いてから、商人と領主に改めて向き合っていた。

千種とアイレスは、森から持ってきた物を置いたら町の中を歩いてくると言ってどこかへ行ってしまった。商談をしてる間に用事を終わらせてくるとかなんとか。

そして俺は、

「森の中ですか？　あれから割と、人も動物も増えましたね―」

ドラロさんに近況を聞かれて、そう答えた。

「どうか詳しく頼む」

あたりさわりない感じで終わらせようとしたのだが、なぜかそう追及されてしまう。

「え、うーん……」

とはいえ、急に語(かた)り部(べ)を求められても。自分はあまり饒舌(じょうぜつ)な方でもない、と思っている。

困る俺に、ドラロさんは笑みを浮かべて言った。

「なに、気負わなくていい。持ってきた物があるのだろう？　それを誰がどんな風に作ったのか、聞かせてくれればいい。職人はそうやって商品価値を高めるものだ」

なるほど。

「そういうことなら、喜んで」

みんなの話をして、持ってきたものを知ってもらう。それくらいならできそうだ。

「ではまず、この心臓殺しの一角兎をどうやって仕留めたのか、教えてくれまいか？」

ドラロさんが白い毛皮を手に取って、そう言った。

……え、そこから？

「ええっと、ウサギはだいたい、ミスティアがマツカゼと一緒に狩ってきますね。動物の毛皮は、たいていがミスティアの狩りです」

「マツカゼというのは？」

「うちで飼ってる猟犬です。可愛いですよ。森でミスティアが拾って。一緒に育てているんです」

ああ、なるほど。確かに誰がいてどんなことをしてるのか、自然と紹介ができるなー。「あの森で生半な猟犬が生きていけるとは思えんが……なんという犬だ、種類は？」

「たしか、ブラックウルフとかいう……狼(おおかみ)でしたね。残念ながら」

犬扱いしたらいけなかった。

「それは別名で『悪夢の魔獣』というやつだな。間違いないか？」

セデクさんが身を乗り出して訊ねてくる。

「別名は知らないですけど、ミスティアがそう言ってたので合ってますよ。たぶん。賢いやつですよ、なかなか」

それに可愛い。子犬の今のうちだけかもしれないけど。

「悪夢の魔獣、ブラックウルフを従えるのか……」

横で聞いていたセデクさんが、なにやら遠い目をしてる。ちょっと手が震えてるけど、大丈夫だろうか。

「毛皮はムスビが鞣（なめ）してくれます。精霊獣のシルキーモスっていう種族だったはず」

「シルキーモス。どこかで……何かの噂では聞いたことある、か……？」

セデクさんが商人と顔を見合わせる。

ドラロさんは、ぐっとこめかみを押さえて思案顔になった。

「ある。待て。……たしか……うむ、そうだ。エルフの儀礼服をその糸で紡いだらしいという、伝承でしか聞いたことのない種族だ。そうだ、今はもはやエルフでも見ることができないという……」

「ああ、服とか布とか、よく作ってくれますからね。合ってると思いますよ」

俺は答えてから、思わずぽんと手を打つ。

「なるほど。だからムスビが来たときに、ミスティアがすごく喜んでたんですね」

昔からエルフに所縁のある種族だったようだ。来てくれて良かった。

「いるのか。伝説の精霊獣が。ははは」

なぜか棒読みの反応をされていた。


ドラロさんとセデクさんは、顔を見合わせて何事かを目で相談すると、セデクさんが身を乗り出した。

「ソウジロウ殿、少し突拍子もないが、これは急いで聞いておきたいのだが……」

「なんですか？」

改まってそんなことを言われる。

「先ほど『飛んできた』と言っていたが……もしや、空を飛んでいた竜も、お知り合いか？」

「それはさっき会ったあの子ですよ。白い髪してた方の。天龍族のアイレスです。背中に乗せてもらってました」

「てん、りゅう……遥か西方で眠っているはずの……？」

「起きてましたが、西の方から来たとは言っていましたね」

「町に入っている……天龍が……！」

領主と商人は、揃って目を見開いていた。

愕然としている。

そういえば、ミスティアがさんざん『伝承の存在ばっかり集まる』と言っていた。まあ、簡単に信じてもらえないのは、予想していた。

俺も昔、偶然に居酒屋で芸能人に会ったときはドッキリしたものである。

「……ソウジロウ殿、できれば我々以外には、その正体を内密にしていただけるだろうか？」

と、セデクさんがいきなりそんなことを言う。

「いいですけど、なぜですか？」

「天龍族の来訪ともなれば、この町はお祭り騒ぎになる。お忍びにしてもらえれば、お互いに気を楽にして顔を合わせられるからだ」

「分かりました」

嫌われてるとかではないようで、良かった。


まあ、アイレス本人も町に入る前に『内緒にしとく』とは言っていた。いつもは人の姿でも出してる尻尾を、どうやってるのかは分からないが隠している。

……やっぱり竜って大事だよな。

大きいし、空飛んでたし、他の魔獣よりずっと強そうだった。あれが騒がれない方がどうかしている。

しかし、そのへんの感覚がちょっと麻痺してた。

それについては、天龍族が悪いと思う。人の拠点を猫カフェ扱いして潜り込んでくるから。それも二人も。

「……ソウジロウ殿は、森を拓いて住まうのが目的だったな。我々はただそれだけでも、この町を治めるために、全力を尽くすべきであるわけだ」

セデクさんが、重々しくそんなことを宣言した。なんだろう。領主をやっていると、そういうことを思う瞬間が、いきなり湧いてくるんだろうか。

いやそういえば、絵を描きたい人だっけ？　なるほど。

「ああ、引退生活したかった、みたいな話ですか。わかりますよ。今は俺ものんびり暮らしてて、こんなにのほほんとさせてもらって悪いなって、たまーに思います」

苦笑いしながら同意する。

セデクさんはニヤリと笑った。

「いやいや、人間は少し罪悪感を覚えるくらいがちょうどいい具合でもある。サボるにせよ、休むにせよ、だ」

「どっちも働いておらんだろうが、ヘボ画家！」

隣で睨（にら）みつける商人がいる。領主様は肩をすくめた。

「働くにしても、だ。なにかとつい仕事を優先してしまう生活は、罪悪感が少しあるだろう？」

「……ふん、そんなもの当たり前だ」

なにやら心当たりがあるようだ。ドラロさんは目を逸らして苦々しそうにしている。

「つまり、少しばかりの後ろめたさは、なにをしていても持ってしまうということだ。行き過ぎないならば、それがちょうどいいものである。……うむ、我ながらいいことを言った！」

「引退などはさせんからな。絶対に、させぬからな？　今まで生きてきて最も大変な局面じゃからな？」

ドラロさんが、何度も何度も言い含めていた。

うーん、仲がいいなこの人たち。


「まあもっと森の拠点とやらの話を聞かせてはくれまいか、ソウジロウ殿。〈黒き海〉のイオノまで連れ歩いてきた御仁だ。他の品の話も、ぜひ聞きたい」

「分かりました」

どうやら千種は〈黒き海〉なんて呼ばれてるらしい。冒険者ギルドに行くって言ってたけど、そこでもそう呼ばれてるんだろうか？

ちなみに、アイレスも『大人の話つまんなさそう』とか言って千種に付いて行った。

……あの二人、放っておいて大丈夫だろうか？

第五十四話　千種の立ち位置

「冒険者ギルド、久しぶりだぁ……」

突然だけど、この世界には冒険者ギルドというものがある。まあ、なんか冒険者をサポートしてくれる組織なんだけども。

ここで依頼を受けたり仲間を募集したりする。あととっても安ーいお酒と食べ物も売ってる。つまり、冒険者のたまり場になるわけで、情報収集に行くと、たちまち自分も情報の一部になっちゃうことがよくある。

「ここでなにするの、チグサ？」

わたしにそう聞いてくるのは、なんかついてきたアイレス。

「あっ、わたしこのままだと行方不明だから。その、ギルドから除名されてたら、めんどいし。顔見せと、あと変な噂があったりしないかだけ……」

めんどくさいけど。

後先考えずに神樹の森にアタックしたけど、ダンジョン扱いされてる森からずっと帰ってこないのは、死んでる扱いされてるかもしれない。

お兄さんはなんか商売考えてるらしいし、冒険者にウケる道具とかだったら、わたしからギルドに売り込むとかあるかもしれない。

死んでないよというところ、見せておこうと思う。

……神樹の森から生還した冒険者として、また注目されちゃうかも。見直されるかもしれない。そしたら、この世界でも、もうちょっとまともに人気になれるかも？

「えへへ……困るなあ……」

「なんか笑ってる。こわ」

……でも待って？　わたしが森でしてたことって、重い物を浮かすのとしまうのだけじゃない？神樹の森にずっといたんだし、パワーアップした感がないと、ずっと美味しいご飯もらってぬくぬくしてたのバレるのでは？

「パワーアップか……」

ハチャメチャに髪を伸ばして逆立てるとか。もうこれっきりでいい、だからありったけを。いやだめだ。冒険者ギルドの天井はそんなに高くない。あとわたしにそんな能力はない。

えっ、どうしたらいいんだろ。黒いオーラでも出しとく？　それなら出せるけど。でもそれ前から出せたしな……。

つ、強気になっちゃうか？　でも強気ってどうやってやるんだ……？

「チグサ、めちゃめちゃ見られてるけど真正面から破壊するの？　やるねぇ」

「はっ？」

ふと気づいたらすでに魔力出してた。冒険者ギルドの人たちがこっち見てる。

「謎の魔法使いのカチコミだぞ！」「あんな奴に俺らじゃ足りねえよ！」「逃げろ！」「バカびびんな！」「お、おいあれ噂の〈黒き海〉のイオノらしいぞ！」「どうして襲撃に……!?」

勘違いされてる!?

「いけー！　ぶっとばせー！」

アイレスが煽る。

「そんなことしないってば」

「えっ、しないの？　なーんだつまらんー」

天龍は慌てる冒険者たちに手を振りながら、ギルドへすたすた入っていく。

「あ、みんなごめんね、しないんだって。入れてねー」

「あっ、す、すみません！」

急いでその後ろ姿を追う。

物怖じしないな！　これが強気か……。

「あれ、なんだったんだいったい……？」「あの闇魔法使いのイオノに、連れ合いだと……？」「神樹の森でなにがあったんだ……」

外にもいっぱいいたのに、ギルドの中にも人が割といた。

……冒険者やたらと増えてないこの町？

「わあー。なにここ？　ひょっとして貧困街ってやつ？　ボク、初めて見るよ」

「ぜんぜん違うから」

　とかなんとか言いあったり。

　アイレスみたいな変わった服を着た美少女が突然登場したことに、ギルドの中は騒然としていた。

　それはそう。

　でも物怖じしないアイレスは、そんな視線を意に介さずあちこち歩き回っては、自分を見る冒険者たちに愛想よく微笑みを返している。

　注目されるのに慣れてるやつだ。強い。

　そんなアイレスの手を引っ張って、受付に向かった。じゃないと、この天龍はいつまでもあちこち歩き回りそうだったから。


「あ、あのっ、すみません。久しぶりですけど、一百野（いおの）千種です。——略式（にゃる）」

　辺境にあるギルドなので、背後にお酒の棚があるバーカウンターしかない。

　そこにいるガラの悪い気怠（けだる）そうな三〇代後半くらいのお姉さんに声をかけて、影の中からギルドカードを取り出す。

　でも、お姉さんはカードを見向きもせずに肩をすくめた。

「そんなもん見せなくたっていいさ。闇魔法使いで、そんな小さい体で、しかもつい最近ここに来てた相手だ。どんなバカだって、アンタが誰かくらいわかるよ。〈黒き海〉のイオノ」

「へぇーぇ、かっこいいねぇ」

アイレスが横で茶化してくる。やだなー、この陽キャ。

「生きててくれたとはね。口の悪い奴なんかは森で死んだって言ってて、もっぱらの噂だったよ」

「あー、やっぱりそういうふうになりますよねー」

思ったとおりになってた。顔を見せておいたのは正解かも。


「でも……これからはそんな噂は立たないだろうね。森の中から帰ってきたってのに、汚れ一つないし、入る前より顔つきが良くなって、服もピカピカだ。どんな魔法があれば、そうなるのやら」

「あっ、そうですね……前より美味しいものたくさん食べてますし、服はムスビさんが作ってくれたので」

「ムスビサン？」

「シルキーモスです。伝説の精霊獣の」

「……驚いた。あの森を、マジで攻略しちまってるのかい？」

「あっ、いえ、わたしなんかには無理です。けど、最近あそこに住んでる人がいるんです。わたしはその人の……その人に……拾われ、て？　ご飯もらって、て……？」

改めて説明しようとすると、わたしってあの森でどういうポジションなんだろ？

「飼われてるんだねぇ。ボクと一緒に」

アイレスが変なこと言う。

「アイレスは別にそうじゃないと思う」

わたしたちのやりとりに、受付嬢さんは首をかしげて不可解そうにしている。

「……イオノは？」

わたしは、うーん、なんだろう……？


「話を聞かせてもらった。ちょっといいか？」

「あん？」

って不機嫌そうに口にしたのはアイレス。わたしは無言で振り向いただけ。

わたしたちの横で、カウンターに肘をかけてこちらを見ている男がいた。その後ろには、彼の仲間らしき人たちも数人。

「俺たちは森の噂を聞いて来たんだ。まさか、さっそく手がかりがあるとは思わなかったけどな。アンタが〈黒き海〉か。森の攻略は順調みたいだな？」

ええええ……この手合いがまだ出てくるの？　さすがは辺境。王都のギルドだと、これ系はあんまりいなかったけどな……。

「俺たちがアンタに協力してやるよ。そうすれば――」

「いち、にい、さん……君たち全員で、六人が連れ合いかな？」

アイレスが楽しそうに口を挟んだ。うわぁー。

「なんだぁテメエは？　角付き……獣人か？」

冒険者たちは、アイレスをじろじろと見ながら言う。

アイレスの方は、小馬鹿にした笑いを浮かべた。

「あの森に君たちが来たところで、死体が六個できあがるだけだよ。バカ言ってないで、もっと強い人間呼んできてよ。つまんないじゃないか」

「言ってくれるじゃねえか！　覚悟できてんだろうな!?」

アイレスの肩を摑んで凄（すご）んだ冒険者が、

「そっちこそだね」

着物姿の天龍が優雅に手を一振りしただけで、壁まで吹っ飛ばされた。

「ははは、全員でまとめて来てよ。一瞬で終わっちゃう。なんなら、店の人間全部かかってきなよ」

うきうきと宣言している。


わたしはため息を吐いた。

「お姉さん？」

「中でやるなら負けた方が弁償。台帳屋（ブックメーカー）は向こうにいる小僧」

小僧て。雇ってるのアナタでしょそれ。

ちなみに台帳というのは、賭け事で誰がどっちに賭けたのか記録する係だ。

つまり、この喧嘩の勝ち負けも賭けにできるよというお誘い。

「胴元はお姉さんですよね……」

わたしはもう一度ため息をした。

そんなことを確認している間に、アイレスはたちまち事態を悪化させていた。

なんだこのガキ相手して欲しいのか小さき人間どもが卑しく生きてるのほっとするよ仲間に入れて欲しいなら仲良くしてやろうこのガキガシャーンドカーン。

そんな感じで、アイレスが大乱闘を始めてた。天龍族ってもっと高尚な存在だと思ってたのになー。

見るからに面白半分だ。

ギルドにいた冒険者たちは、喧嘩に参加したりどっちが勝つか賭け始めたりと、いきなり忙しくなっていた。


「うわ、えぐ。あのお連れさんは、冒険者志望とか？」

「あっ、ただついてきただけです」

「人間じゃあないね……」

自分より大きくてごつい男の頭を、片手で持って体ごと振り回してる美少女。見た目どおりの相手じゃないとは、一発で分かっちゃう。

そういう存在がいる世界だ。

さすがに受付嬢さんも、アイレスの暴れっぷりに目を丸くして釘付け（くぎづ）けになっていた。

「わたしはしばらく森にいることにします。今日は、とりあえずそれを伝えておこうと思って来ただけで」

「あ、ああ、そうかい。……剣を素手で握りつぶした!? 盾の鉄を食いちぎってる！ うわあ……！」

「はっはっはぁ！ 蹂躙(じゅうりん)してあげるよ人間ども！ もっと本気でかかってこーい！」

振り返ると、アイレスは絶好調だった。わざわざ相手の武器を抜いてから手に握らせて、挑発までしてる。

「最近は新参者が多くて、もめ事もそこそこあるから、アンタみたいな実力者にバカどもの頭を押さえておいてほしかった……んだけど……」

「あっ、わたしそういうの向いてないので……お気持ちだけで……」

そんな怖いことしたくない。

「ぐおおおっ！」

ドカン、とアイレスに吹っ飛ばされてきたさっきの人が、カウンターに引っかかっている。

「あっ、じゃあそろそろこれで……」

「待て……〈黒き海〉の……あ、アンタに、王宮から森の攻略に参加しろって……手紙が……」

そんなこと今さら言い出した。最初に言おうよ、そういうことは。

……王宮からかー。

断ったらたぶん、面倒くさいことになるんだろう。

たくさんの町で起きた散々な展開を、たくさんの人に信じてもらえなかったことを。わたしはぐるぐると思い出す。

だから、

「森の中まで手紙を届けられたら、考えてあげます」

わたしはそう答えておいた。掌印を結ぶ。

「千種影操咒法――〈蛸〉」

わたしの影から這い出した何本もの蛸足が、ついにほぼ全員で大乱闘を始めた冒険者たちを数珠つなぎに縛り上げる。

「うげっ！」

慌てた声を出すアイレスには、わたしの袖から伸びた蛸足が絡みつく。

「ていっ」

ぶん、と和服美少女をギルドの外に投げ捨てた。

「あっ、いちおうこれ迷惑料と挨拶料ってことで、ギルドに収めておきますね」

「あ、ああ……って、これ岩火熊の頭と毛皮!?」

飾ると見栄えがすると思うけど、森の中だといまいち使い途が無いやつ。魔獣の毛皮なので、適切に加工すればきっと立派な革鎧とかにできるはず。鉄より丈夫で軽いやつに。

「じゃ、そういうことで……」

頭を下げてから、冒険者ギルドを後にした。

外に出て魔法を解除する。ギルドの中で暴れてた冒険者は、一人も追ってこなかった。よしよし。

「帰るよ、アイレス」

「なんだよう。もういいの？」

「うん。最低限は済ませたから」

地面に転がっていたアイレスが、華麗に飛び起きて着地する。転がしたはずなのに、汚れ一つない。非常識にもほどがあった。

「チグサってボクにだけ当たりがキツくない？」

「えっ、でもわたしアイレスには負けないし……」

「む、むかつくなこの人間……！」

一緒に歩き出す。

「でもさー、チグサは王宮とやらの手紙を受け取れば、人気者になれたんじゃないの？」

聞いてたらしい。乱闘してたくせに、余裕ありすぎ。

「あっ、そうかも。……でも、別にいらないかな、って思って」

かつてのわたしならきっと、王宮に身を寄せることで得られるさまざまな特権とか、人気とかがほしかったかも。

でも、

「わたしがここに来たのは、お兄さんとかミスティアさんとかのためだから」

わたしが個人的に王宮に関わっても、きっと森のためにはならないから。

「ふふん、チグサの立ち位置はこっちなんだね」

アイレスが面白そうに言う。

わたしの立ち位置。そんなこと、考えたこともなかった。けれど、

「そう、なのかも……？」

わたしはきっと、王宮の中にいるよりも、あの森の中にいたいんだ。

そう考えると、思ったよりもしっくりきた。

以前のわたしは、神樹の森に死ぬ気で突撃したのに。

今は、あそこで生きたいと思ってる。

「えへへ……」

早く帰ろ。

「ま、ボクも雑魚を撫でて遊んだからいいけど。海の方にだけ寄ろうよ。あっちなんか騒がしいから」

「お兄さんに聞いてみよ。海のお魚とか買えたら買いたいかもだし」
▼

「〈黒き海〉のイオノ……俺たちが束になってかかっても蹂躙された相手を、一方的に……」「これが神樹の森かよ」「この毛皮だけでも、四年は遊んで暮らせるぜ？」

冒険者たちは、暴れるだけ暴れて立ち去っていった二人の少女たちに、戦慄していた。

「イオノが仕える森のあるじか……」「いったいどうすれば、王宮の誘いを蹴る破天荒な魔法使いを手懐けられるんだ？」「もっと真面目にやるか、俺たち……」「そうだな……バカやってる場合じゃねえわ」

この辺境の冒険者ギルドでは、次々に集まる冒険者同士で自分こそがこのギルドの実力者であると力を誇示したい者どもが、あちこちで小競り合いを続けていた。

が、彼らはもはやそれが無意味だと悟った。

真の実力者は、森の中にいるのだ。それが彼らの共通認識になった。

第五十五話　商人の誓い

お互い話題も交換し終えて、いよいよドラロさんと交渉することに。

千種には運んでもらったものを荷揚げ場に置いておいてもらった。そちらの方で男三人顔を突き合わせる。

「これは疑う余地もなく神樹の森の材木じゃな。鉄の鋸[のこぎり]が負ける」

刃が欠けた鋸を手にして、ドラロさんがそんなことを言う。セデクさんが、どこか遠くを見ながら言った。

「うむ。まさに天上の品。神々がもたらした恵みよ。鋼の鋸を作れば……どうにかなるか？」

「わからん。儂は大工ではない。じゃが、人の手では難しかろうな……。水車で鋸を動かす木工所でも作るか？」

なにやら大げさな話になってしまっているので、俺も参加してみる。

「伐る前はもっと頑丈なんですが、伐採するといくらか柔らかになりますから、扱いやすくなってると思うんですけどね……」

これは俺の体感だが、伐採した木は立っている時より、ずっと刃が通りやすい。

伐採した樹木を木材として扱うには乾燥させてやらないとならないが、〈クラフトギア〉で伐った樹木は程良く乾いていた。

この神器の創造主はせっかちで、接着剤代わりに時を止めるなんて芸当をしている。伐っている最中に、伐る以外の力が働いていていてもおかしくない。

「一番硬くて水より重いやつよりは、ずっと素直なのを選んできましたから」

神樹の森に生えている木は、たまに変わったやつがある。

森でたまに見つかる特別に硬い樹は、他の樹木と違って叩くと金属のように硬質な音がして、しかも水に沈む。

たとえばリグナムバイタという木は、軍艦のスクリューにも使われた。その木材は水にも沈むほど硬く、そして重いという。

これもそういう木なのかもしれない。そして、そういう木は渡しても切れないだろうから置いてきた。

「これは割と素直に切れる木ですよ」

商談らしくそんなことをアピールしてみる。

「神の基準で言わんでもらえるか」

ドラロさんの対応は、ちょっと冷たかった。

なかなか堅物というか怖いおじいさんである。森の中では冒険者同然に野営してますよ、と言ったら、冒険者がそんな余裕あるかと怒られたし。

まあこんな森しか周りに無い町なのにビシッとした服装を崩していないし、やはりミスティアの言うとおり、怖いけど根は優しいみたいなおじいさんである。

「神樹の森の木材が、家一軒分以上は優にある。矢すら徹らない鞣した大魔獣の毛皮。宝石のように麗しい果実。ジャムまで売るほどある、か」

セデクさんは歌うように、指折り数えた。

「しかし、買い手になるはずの我々の方が、それについていけておらんな」

放牧場を作ったせいで、自家消費がちょっと追いつかないほど伐り倒した材木を、少し売りに出そうとしたのだ。しかし、突然すぎたらしい。

「まあ、それなら木材はもっと必要な時にとかでもまた」

千種に頼んで持って帰ろう。

仕方ない、と思ったのだが、老商人は激しく声を張り上げた。

「いやいやいやいや、それには及ばん！　買うとも！　神樹の森から伐り出した神代樹だぞ！　それを目の前で山と積んでおいて取り上げるとは、人情が無い話だと思わんか!?」

そんなこと言われても。

「いま持て余すって言ってませんでした……？」

「たとえ自分が使えないものであってもだ！　滅多に見ることもできない一級品が大安売りしていて、おぬしは手をつけないというのか!?」

アウトレットショップが、なんか最新の良品キャンプギアを展示品処分とかで大安売りしていると、たとえ必要がなくても、買わないといけない気がしてくるやつ。あれだろうか。

それは、

「……確かに、買っちゃいますね」

「そうだろう！　儂にはこの材が作る、素晴らしいものが見える！」

バシバシと神樹を叩きながら俺を叱ってくる商人。

「頑丈さは鉄のようだが、手触りは百年息づいた樹木にしか出せない年季！　叩けば中に虫食いも洞もない重厚な音！　それでいて木の温かみを保ついじらしさ！　分からんのか!?」

残念ながら分からなかった。

いや、良い木だなあとは思ってたけど。

「ドラロはな、大きな商館で育ったんだが、そこの奥様は芸術家のパトロンだったそうだ。ただの土塊と見分けがつかない大理石の塊が、美しい彫像になる様を見て感動してしまったらしい。金に汚い商人に見えて、芸術には理解が深いぞ」

「へえー。目が肥えてるっていうことですか」

セデクさんにそんな説明をされて、ちょっと納得する。

……そういえば最初も、審美眼について褒められたな。

あれは、ドラロさんのこだわりポイントだったのかもしれない。

「まあ、これを買うにしてもだ。価値の分かる相手を探さねばならん。できることなら、この地の役に立てるべきだ。そう思うのだ」

　木材を前に熱く語る老商人である。

「ドラロのあれは要するに『手元に置いておきたかった』という意味だぞ」

　セデクさんが、そんなことを暴露してくる。

「いらんことを言うな。おぬしはいい加減、そのソファから立ち上がれ」

「これはエルフもダメにするらしいぞ！」

　エルフもダメにするソファ。現在ダメになっているのは領主さんである。さっきから寝転がったまま、ずっと起き上がれずにいる。

　確かに、威厳は無かった。

「儂はそれの扱いにも困っておるわ。領主がひっくり返っているのを、どうすればいい」

「名前が特別なものを欲しいな。どうする？」

　マイペースなセデクさんの主張。

「……製作者に聞け」

　ドラロさんは、投げやりにこっちに振ってくる。

　あの『Yogibo』が『ヨガ』→『ヨガをする人』→『Yogi』で『なんか親しみやすいから』という理由で『bo』をつけていたので、

「も、モスファー、とか」

「モスファーだな。よし、了解した」

了解されてしまった。適当だったのに。

「この手触りもだが、エルフすら魅了されるモスシルクというのは、絵描きモドキに生地の美しさは目の毒であろうが。だからこそ、おぬしが魅了されてしまうのもわかるがな」

モスファーはドラロさんからの評価も上々である。

「うむ。光に包まれているかのようで、夢心地だ」

「……まあそちらは完成品だから、手を加えることもない。問題は、伐りだされたこの神代樹だな。アイツさえおれば、さぞ素晴らしいものを作ったであろうに……」

「アイツ？」

「……なんでもない。とにかくこれは買わせていただこう、ソウジロウ殿」

「でも使い途がないと、置いておくだけになりませんか？　邪魔になりますよ」

「なあに――」

セデクさんがようやく立ち上がり、商人の肩を叩いて笑った。ニヤニヤと。

「――邪魔にならないようにすればいいだけだ。なあ、ドラロ？」

「……使い途はある。だが、名誉に関わるゆえ、今は言えん」

苦々しそうな顔で、ドラロさんが言う。名誉？

いったい何があるんだろうか。

木工場を建てるよりも大仰なことが、行われようとしているんだろうか。

「そうだ。ドラロの別れた後妻を呼べばいいなんて、俺には言えん。名誉に関わる。なにしろこやつ、前妻の息子を呼び寄せる手紙を書いたばかりだぞ」

「セデク、貴様ァ――!!」

老商人が意外なほど腰の入ったパンチを領主様の腹に叩きつけ、セデクさんは心底おかしそうに笑うだけで、それを受け入れていた。

……仲が良いなー。

とはいえ、ちょっと安心した。

「つまり、ドラロさんの気まずさを犠牲にしてご家族が集まればなんとかなると」

「そうだ。しばらく前に他国でならもっといい暮らしができると、遠くに行くように言ってしまってな。いやいや、あの時は夫婦で大喧嘩しておった」

「それを呼び戻すんですか……?」

荒れそう。

「戻ってこいという必要は無い。ただ、儂がこの木を仕入れたという話はする。それだけのこと。送れと言われるか戻ってくるかは、アイツ次第で」

顔を逸らして言うドラロさん。

……戻ってきてほしそう。

しかしドラロさん、こんな長閑(のどか)なところで、意外なほど情熱的な理由を持ち込んでらっしゃる。

「なんというか……いいんですか？　ほんとに売っても」

「買うとも」

おそるおそる口にした。しかし、ドラロさんは不機嫌そうな顔で即答した。

そして、不敵に笑う。

「価値のあるものを価値の分かる者に届けねばならん。それは儂が商人を目指した時の、最初の誓いだったゆえにな。男として恥をかくからと、商人としての誓いを曲げては、儂の魂にはなにも残らんではないか」

どうやら、ドラロさんのことを誤解していたようである。

頑固は頑固でも、自分以外のところに規範を置く頑固さだったらしい。


「……まあ色々と恐ろしくはあるが」

ばつの悪そうな顔でそう付け加えるドラロさん。

しかし、俺としては、

「なんだか、ぜひとも買ってほしくなってきました」

そんな正直な気持ちを話すと、セデクさんがポンと俺の背を叩いた。

「わかるぞ。この商人は、こう見えてなかなか人たらしだ」

同志を見つけたという顔をする領主と一緒に、苦み走ったドラロさんを横目に笑い合うのだった。

第五十六話　長いお付き合い

「代金の話だがな。貴殿が物々交換しか望んでおらんので、各地から珍しい野菜だの薬だのを、手当たり次第にかき集めておいたわ」

そんなことを言われてしまった。考えてみれば、お金ほど使い勝手の良いものはない。貨幣が使えないというのは、取引がとても面倒になる、というのを考えてなかった。

「お手数おかけします」

「まったくだ。辺境に来たはずが、貴族とでも商売しているような気持ちになる。売る物も買う物も、商いのやり方もな」

ドラロさんがやれやれという顔をしている。なにかが書き連ねられたリストを差し出してきた。

「こいつが品目の帳簿だ。この中から選んでもらおうと思っておったが、〈黒き海〉が仲間なら全部持って行けるだろう。できれば全て受け取ってほしい」

「そんな大雑把でいいんですか？」

「エルフの流儀に合わせるとも。だいたいこれで、前回分になる。今回分は後々に、とな」

どうやらエルフというのは、細かい帳面より付き合い方で商売相手を決めているらしい。

なるほど。貴族の相手みたいだ。

「ところで！　俺からも、ソウジロウ殿に買ってほしいものがある」

ずいっと、セデクさんが身を乗り出してきた。

「というより、買う準備をしてほしいもの、か」

「いったいなんですか？」

「友好条約だ」

にかっと笑いながら、割と奇妙なことを言われる。

「……条、約？」

よく分からない。

「まあ難しく考えてもらわなくてもいいんだが。天龍族の来訪で、町はパニック寸前だったのだ。今まで森から来るのは、恐ろしい魔物ばかりだったからな。幸福をもたらすものが、そこにいるとは思わなかった。だからだ」

「なるほど」

襲撃かも、って思われたわけか。

「であるから、個人としてではなく、ブラウンウォルスが町として存続する限り続く、約束を結びたい。町人の安心のためにな」

「うーん。そう言われると、こちらとしても、誤解されないようにはしたいですけど」

「だろう？」

「それは助かりますけど……具体的にはどうするんです？」

何か書面にサインでもすればいいんだろうか？

「そうだな、実に古典的な方法をお願いしたい。こちらからの贈り物とそちらからの贈り物を交換し、少なくともこちらで堂々と飾っておきたい」

うん？　なんだか意外なことを言われたな。

「それどうするんですか？」

「人に見せるのだ。お互いの間には友好的な約束があり、その象徴としてこれを預かった。そう説明するためにな。正式な文書も作る必要はあるが、大事なのはむしろそちらだ」

まるで、なんだか本当に条約を結ぶ話のようだ。

俺は森の奥でのんびり住んでるだけだ。わざわざそこまで大がかりなものを用意しなくても。


「大げさじゃないですか……？」

俺がそう言うと、セデクさんは苦笑いした。

「俺もこう見えて貴族であるからには、儀式と伝統を守る必要があるのだ。十年やそこらでは、儀式も伝統も役に立たなくて済むと思う。しかし、そのさらに先まで今と同じ関係でいるには、伝統を利用するのが一番良い」

「そんな先のことまで考えたお話だったんですか」

そっちの部分がむしろ貴族らしい。十年やそこらは食うに困る心配は無いからこそ、その先を考えられるということだ。

「うむ。そうすれば、正式に市壁を無税で通行することができる。町人となにかあれば、領主に押しつけて良い。他にもいろいろと、特権をつけておく」

ずいぶん大盤振る舞いに聞こえる。

「こちらの守る条件は？」

「町に対して、友好的でいてくれること。それだけだ。お互いを尊重し、対等な関係で平和共存を望むという約束をしている仲であればそれでいい」

たったそれだけ？　俺としては、特にデメリットもない。でも一応聞いておこう。

「えーっと、もしも、それを断ったらどうなりますか？」

「気長に説得させてもらうとも。ただし、次に貴殿が来訪した時には、気をつけてもらわねばならん」

セデクさんはいきなり、真剣な顔つきになった。

やっぱり友好条約を結ばないと、なにかあるんだろうか。

「もしかすれば……俺がせっかく買ったモスファーを、伝統的な贈り物の一部として主張できずに、王族に取り上げられて泣いているかもしれんからな！　恨むぞ！」

「私利私欲ですか!?」

「尻の欲だけにな！　がはは！」

まじめだと思って損した。

「領主がバカですまぬ。だがまあ、儂も賛成だ。免税特権というか、要するにツケの覚え書きとでも思ってくれていい」

領主の頭をぱしりと叩いた商人さんからそんなことを言われる。

「分かりました。で、最初に準備しろって言ってたのは贈り物についてですか？」

再びセデクさんに確認すると、領主様はうなずいた。

「それもあるが、もう一つ。こちらはブラウンウォルスという家名と領地にかけて約束する。そちらも同じように、個人ではなく、開拓地のものとして約束してもらいたい」

個人としてではなく、か。

……そういうことなら、俺だけで決めてはいけないかもしれない。

「だったらミスティアにも相談しないと……ああ、なるほど」

そこまで聞いて、ようやく合点がいった。

「俺が連れてきたアイレスとかにも、ちゃんと大人しくしててほしい。そういうことですか？」

「そういう約束があると主張できる、ということだ」

なるほどなー。

空を飛ぶアイレスの姿は、確かにかなり威厳があった。ラスリューの姿は見ていないが、アイレスによれば、もっと大きいらしい。

「大げさに聞こえるかもしれないし、まあ、俺の欲望が入っていることも認めよう。しかしな、便利でもあるんだぞ」

「便利？」

なにかに使えるということだ。

「領主として言わせてもらうと、ソウジロウ殿についてくる者はまだまだ増えるだろう、という予感がある」

「予感ですか」

俺はそんなにもたくさんの人を世話できる自信は無いけど。

「その時に、人間との約束を守る気が無いなら無理だ、と一線を引くのに使えるのだ。これは無論、俺も他の貴族に対して言える。約定がある、とな」

「なるほど……」

思い返せば、ラスリューやアイレスなどの人外が理性的だったからといって、こちらと同じ常識でいるわけではない。

守るべき確認事項があれば、そこを手がかりにできる。

受け容れるか否かの説明が、格段に楽だ。

それに、俺自身のこだわりや思いつきでもないので聞きやすい。

セデクさんは思ったより、ちゃんと領主だったらしい。そんなこと思いつきもしなかった。

「というわけで、お互いのためになる話だ。どうだ？」

「持ち帰って前向きに検討しますよ」

「うむ、よろしく頼む。俺のモスファーのためだ」

最終的にそこでいいのだろうか、領主として。


「神璽（レガリア）くん！　海行きたい！」

「……アイレス、冒険者ギルドで大暴れしたっていうのは、本当か？」

その噂はすでに聞いていた。恐ろしく美しく、恐ろしく強い少女が、冒険者全員をなぎ倒したとか。

「ううん、ぜんぜん！　ちょっと人間撫でてただけだね！」

「あっ、冒険者に喧嘩はつきものなので、あれくらいはギリセーフですから……」

「……ありがとう」

千種のフォローで、ようやくほっとする。

……友好条約、やっぱり必要かもしれない。

第五十七話　アイレスの心境

ボクは悪いことしてないのに。問題児に言い聞かせようとするみたいに、神璽（レガリア）くんが怒ってきた。

ボクは天龍族のアイレスなのに！

「アイレス、千種がセーフって言ってるから喧嘩するなとまでは言わないけど、町の人に大怪我させたらお説教だからな」

とか言って。

僕はもう数百年生きる天龍族なのに。飛竜が主と認めてたり、パパ様が丁重に相手してるから信用してあげたのに。

まあ一応聞いておくけど。パパ様に言いつけられたら嫌だから。

神器を宿しているとはいえ、ただの人間は同族——混沌（こんとん）の化け物みたいな、チグサの頭を押さえてればいいんだ。

ボクまで手間のかかる子みたいに思うなんて、図々（ずうずう）しい。


「はいはーい」

「パン食べさせないぞ」

「むぐぅ……ワカリマシタ……」

「よし」

自分が作れるものを武器に、脅迫してきた。

か弱い人間のくせに生意気な。ボクが怒ったらすごいことになるんだぞ。チグサが怖いから我慢するけど。

「でもまあ、そんなにむくれないでくれよ。魚がほしいなら買ってやるから」

ボクが海に行きたいのはそういう理由じゃないんだけど。

……まあいいや、驚かせてやろ。

「おさかな！」

ボクよりむしろチグサが謎に喜んでた。


チグサと神璽（レガリア）くんを乗せて、漁村というより海岸を目指して飛んだ。すると、海の一部で異様な気配が膨れ上がる。

そして、

「あれはおさかなじゃない……」

魚とイグアナを合わせたような巨大な海魔が、目の前に現れた。

「このあたりの海で、神樹の森から流れてくる妖魔を食べて成長してた海魔の親玉だよ」

無分別に流れる力は、それを穢（けが）す力にも対抗できない。神樹の森に流れる川は、海魔の養分にされていた。そんなところだろう。

「お魚を食べるには、アイツが邪魔だよね？　やっつけないと」

「そうなのか？」

「あんなのがいるところで、漁なんてできるわけがないでしょ」

「それもそうか……」


しきりに威嚇の咆哮（ほうこう）をあげる海魔は、明らかにボクを敵視してる。それもそうだろう。奴らがいたのは、神樹の森から流れる川の流れ込む海域だ。

そこでいくらでも力を貪っていたのに、唐突にその神性は浄化へと強く傾いた。

神器の持ち主が、川辺で暮らし始めたからだ。

おまけに、天龍族の気配まで色濃く流し込まれた。海魔どもにとっては、心安らぐ水温だった縄張りに熱湯でも注ぎ込まれたようなものだ。

小さければ逃げだし、大きければ足りない養分を仲間から得る。——つまり、共食いだ。

この後は、たとえ苦手でも半ば陸に上がりながら川を遡上するか、もしくは、

「ずいぶん気が立ってる。もしかしたら漁村やあの町を襲うね、あれは」

大きさはボクと同程度。人間は陸上で戦うとしても、壊滅的な被害になるだろう。

いや、普通に全滅するかも。

「あんまり食べられそうにないのを殺すのは、可哀想(かわいそう)なんだけど……」

神璽(レガリア)くんがそんなことを言う。

「ふふん、偉そうに。戦うのはボクじゃないか」

ボクだって無事じゃ済まないだろうけど、それくらいじゃないと楽しくない。

「え、いやいや。ラスリューさんから預かってるんだ。危ないことしないでくれ」

変なことを言い出す。

……ボクに戦ってほしくないってことか。

それはまあ、チグサが戦ってもいいけど。あの大海魔に、異常魔法使いがどうやるのか、ちょっと気になるかもしれない。


「あっ、あの、お兄さん向こうに、漁船がいますし……襲われそうですし……」

チグサの指差す先に、親玉よりは小さいけど人間を食べるのには十分な海魔が群れていた。

海面に黒い影がチラチラと見える。魚の群れのように。しかし、その群れは人食いザメと同じくらい獰猛(どうもう)で大きい生き物だ。

それが近くにいた漁船を、襲おうとしている。

「本当だ」

「わたしとアイレスは、あっちをやっとくので……」

「わかった。アイレス、ちょっと俺のことは親玉の前に下ろして。千種のお手伝いを頼む」

「えええ？」

相手はボクでも討伐に時間がかかりそうな、巨大な海魔だ。切れ味が良くて特殊能力があっても、神器一つでどうにかなる相手には見えない。

……まあ、本人が言うならいいか。

美味しいもの作ってくれるから、死にそうなところで助けてあげよう。

そんなことを思いつつ、ボクは海魔の前を横切ってソウジロウを落としていった。


海魔の首から上は、たった一撃で粉々になっていた。

「魔石取り出すの、手伝ってくれないか？」

「なんなりと!!」

パパ様が丁重に相手してた理由が分かった。

ただの神璽（レガリア）じゃない。

人間の言っていたとおり、神樹の森に君臨する森のあるじなんだ、この人間。

やばすぎるでしょ。

背中に乗せるの、ちょっとゾクゾクする。でもなんだかちょっとだけ、クセになりそう……。

第五十八話　お魚チャレンジ

助けた漁船の人が村に戻って騒ぎまくり、危うく俺まで天龍族だと思われるところだった。天龍はアイレスだけである。

立ち寄った漁村では騒ぎになりかけたものの、セデクさんの名前を出したら、村の人たちはなんとか収まってくれた。

村に漁船をプレゼントしたり漁を盛り上げてくれたりしていたらしい。そういえばそういうこと言ってた気がする。

さすが領主だ。

魚を買いたいと言ったら、村長さんがいくらでも持っていってとか言うので、逆にそれが困った。本当にいくらでも持っていけるからだ。

必要なのはとりあえず味見の分だ。このへんの魚で美味いのがどれか分からない。

仕方ないので、ご厚意に甘えるという形で魚をもらっていくことにする。また今度セデクさんに、漁師さんたちから良くしてもらったと伝えてお礼をしておこう。

玉突きでセデクさんから還元してもらえば、漁師さんたちも断らないだろう。

「大丈夫です。領主さんと仲良くしてるので、海魔を倒したのはその一環ですよ。ほんとほんと」

……なんだかさっそく、セデクさん頼りになってる気がするなー。

ああ、こういう時に友好的な関係で、まとめ役が間にいてくれると助かるのか。納得だ。

ともあれ、最初の目的どおり魚も貝もたくさんもらえてけっこうなことだ。鮮度が落ちないように〈クラフトギア〉で時間を『固定』しておく。

これで冷凍よりずっと長持ちだ。

「昆布や海藻ってありますか？　あれ、食べない？　ほんとに？　いやいや、私が食べたいだけだからいいんです。帰りに自分で採っていきますから。いや海に飛び込まないでいいですって。わあー」

うかつに口にしたせいで、若者が海に飛び込んで昆布つかみ取りしてきた。そこまでしなくても。

ありがたいといえばありがたいのだが、もうちょっとご安全にやってほしい。

などなど、いろいろやっていたら、少し遅くなってしまった。

漁村から飛び立って、ミスティアの方へとアイレスが飛ぶ。ミスティアが向かったと思われる山裾あたりで、アイレスが雷を打った。落雷の轟音(ごうおん)がこだまする中で、山裾の森から火の魔法が打ち上がってドンと炎を広げた。

魔法をクラクションみたいに使っている。うらやましい。

「遅かったわねー？」

「いやごめん。ちょっと予定外のことがいろいろあって」

ミスティアが不思議そうに言った。やっぱり待たせてしまったらしい。

謝る俺の横から、ひょっこりとアイレスが顔を出す。

「へえ、エルフ族でも『遅い』なんて言うものなんだね？　それともぉ、ちょっと離れてただけでそう言いたくなるくらい、寂しかったのかな？」

「は、はあ!?　えっと……そ、そうだったのかも……？　ええー、なんかごめんなさい。恥ずかしい……！」

ミスティアが目を泳がせてアワアワしている。っていうか、恥ずかしくても認めてしまうのか。

頭が良くて素直だから……。

難儀な性格の種族してるな。


「今日はもう遅いし、このあたりでキャンプしてから戻ろうと思う」

「そっか。それなら、ちょうど良さそうな場所に案内するわね」

ということで、森で臨時キャンプである。

「ソウくん、ボクが本気出したらちゃんと日が沈むまでに戻れたよぉ？」

「いや、いいんだよ。そもそも、どうしても日帰りしたいわけじゃなかったし」

薪を拾う俺の背中に、アイレスがぺったりとくっついてくる。

なんか浮いてるのか、そんなに体重を感じない。なのでくっつけたままで歩いてる。

「ソウくん……？」

「なんか態度変わったわね……」

千種とミスティアが二人で相談している。俺も思ってた。仲間はずれにしないで、俺も相談させてほしい。

親戚の子供に唐突に懐かれたような感じする。


「あっ、ミスティアさんが言うなら、わたし一回シメますけど……」

「エルフはそんなことしません。……野営になったのがイヤだったの？」

人間とエルフが種族性について争っていた。

「そ、そんなことないですよぅ！　わたしだって、森の中で暮らしてるんですから！　ここ最近で鍛えられましたからね！」

「……そうかな？」

俺は思わず素直な感想を口に出してしまった。

千種は手ぶらでミスティアにくっついて回って、言われたものを出したり「ここでロープ持ってて」などのお手伝いをしている。

それ自体は立派だが、森で暮らせるかというと……。

「う、う、ウカさんに食べられる草もいっぱい習いましたから！　じゃあそういうの探してきますから！」

そう言って、千種は森の中に突撃していった。

「あらー」

「ごめん、ミスティア。頼む」

突撃した千種を見てあげてほしい、という意味である。

「まっかせて。野営の準備、よろしくね」

ミスティアが姿を消した。どうやら、バレないようについていくらしい。

いや、俺としては普通についていってあげてくれればよかったんだが。


だいたい一時間後。

「こ、これだけ見つけましたぁ……」

「上出来上出来。あとは迷わなかったら合格だったから」

絶対こけたと思しき汚れがついている千種と、慰めながら歩くミスティアが帰ってきた。

「じゃあ、それ茹でたら魚食べようか」

千種が両手に握って持ち帰ってきた野草は、アラ汁に投入。

あとは塩焼きと、刺身。

千種が持ってきたクロス台に布を敷いて、おにぎりと一緒に並べる。

「焼けてないのあるわよ？」

刺身を指差して言うエルフ。

「それはそのまま食べるんだ」

「生で!?」

「あっ、大丈夫ですか？　この世界の寄生虫はお腹すごく痛いですよ」

経験談みたいな口調で言うな。経験談なんだろうなって思っちゃうから。

「寄生虫なら、アイレスがなんか龍の波動で殺してくれたから」

バチバチと弱い電流を送っているように見えた。ひょっとしてそういう寄生虫駆除だったかもしれない。

真相は知らない。

「あっ、天龍族の異能でインスタントクッキングしてる……」

千種がうへえ、みたいな顔をしていた。


「じゃあ刺身食べないのか？」

「昔食べようとする前に、わたしも一匹、天龍とか捕まえておけばよかったなって思ってます」

「あのね二人とも。天龍族はそういうのじゃないからね？」

ミスティアがすごく呆れた顔をしてる。俺もうんうんと頷(うなず)いた。

「そうだぞ千種。人を調理道具みたいに扱っちゃいけない」

「最初にやったのはお兄さん……」

「早く食べたいんだけどー」

すりすりと俺の後頭部に頬ずりしながら、アイレスが主張していた。

扱われた本人がどうでも良さそうだから、俺の方はいいじゃないか。

ところで意外なことに、刺身に難色を示したのは、ミスティアだけだった。

「アイレスは刺身、平気なのか？」

「ボクはほら、海とかで捕まえた時は頭から丸呑みしちゃうし」

そういえばもとの姿が龍だった。

「ミスティアは刺身は食べなくてもいいから。食べられるのを食べればいい」

いや、そもそも魚介が苦手だったかもしれない。森の民だし。気が利かなかったな。

「むう。そこまで言われたら逆に食べるもん」

何か対抗心を燃やしている。

「いや、醤油とか作れた時に食べてみるのはどうかな」

今だと味付けが塩とオイルと香辛料しかない。

俺としても、味が気になるので早く食べたいとは思う。

食べてみるか。いただきます。

「いただきまーす。あっ、これ……塩レモンのカルパッチョ風？」

「か、かる……？　上にあるのはタマネギ？」

食べてから判明させる千種。どんなのだろうかと観察しているミスティア。

貪欲さの違いだろうか。

「そうそう。なにも掛けてないのはこっち」

刺身と茹でた海藻を添えた皿を差し出す。こちらは塩つけて食べるだけのシンプル刺身だ。

「上級者コースいきまーす。……あー……アアー、醤油ホシイ……！」

わかる。醤油かー。

「うーん、頑張るか」

「作れるんですか!?」

千種が興奮する。どうどう。

「味噌（みそ）作ってるおばあちゃんに、醤油の作り方もちょっと聞いたことあるような……」

田舎では、味噌も普通に自宅で作る人がいたのだ。


「魚って、生でも食べられるのね……あ、美味しい？　でも感触はまだ慣れなーい」

ミスティアはカルパッチョを食べていた。

「無理せず焼き魚とかにしておいても」

「ちゃんとどっちも食べるから。無理してません。私だって生肉は食べるんだから」

「ああー、馬刺しとかかな」

「冬場の鹿とかだけど……まあ、似てるものね」

カルパッチョはともかく、刺身には手を出していなかった。ほんとに無理してないらしい。良かった。

エルフはいいとして、

「手でいくなアイレス」

「あれ、ダメだった？」

この中で一番ワイルドなのは、見た目に反してアイレスだったという。

和服着てるけど、中身やっぱり龍だなー。

第五十九話　もの作りをシンプルに

石で囲んだ焚き火の周りに集まりつつ、ミスティアに今日あったことを話した。

「友好の話に、海魔退治か――……ソウジロウはどこに行っても、大人しく終わらないのね」

「俺自身は大人しくしてるんだけどな……」

それよりこの世界が、人間以外の理由でもトラブル多いんだと思う。

「セデクさんの話はもっともだし、あの町の人が安心するなら引き受けようかなって思ってる」

「それなら今度は、私も一緒について行くわ。約束を守るための、エルフの祝福をかけてあげる。英雄が王様と約束するときは、エルフに頼むと間違いなしって評判なのよ」

「大げさなことはしなくていいんだけど、ついて来てくれるのは正直助かる」

特権とかいろいろ言われたけど、俺としては普通にしてほしい。

とはいっても、むしろ『これが普通だが？』と返された時には、なにも言えなくなる。そのあたり、やっぱりミスティアにお願いするのが一番だと思っている。

「頼りにしてます」

「まっかせて」

胸を張って請け合ってくれるミスティアが頼もしい。

「……でも、ずいぶん懐いたわね、アイレス」

「海に行ってから、こんな感じだ」

「え？　ボク？　ソウくんの飛竜になるよ？　いっぱい乗って？」

背中から顔を出してきたアイレスが、そんな宣言をしてくる。

ずっと背中にぴったり張りついてるアイレス。謎である。

「それもよくわかんないんだよな……」

「むしろ乗られてるものね……」

ふたりで首をかしげる。

「海っていったら、さっき話してた海魔退治よね」

「特に珍しいことはしてないけど……」

アイレスに頼んで海魔の正面に下ろしてもらって、長柄のハンマーにした〈クラフトギア〉を足場にして着地した。

〈クラフトギア〉を使っていて、手が痛くなったことはない。手応えはちゃんと感じるが、それ以上は返ってこない。つまり、はね返りの反動が無い、ということである。

なのでハンマーの頭に足を乗せて着地しつつ、海面を『固定』して足場にした。その後は、いつものようにハンマーを投げただけ。

「人間だって、爆弾が好きな人間がいるじゃないか。ボクもそういうタイプなんだよね」

「爆弾……？」

俺はそういうのじゃないが？

「天龍族の印象がどんどん崩れていくわ……」

ミスティアは複雑そうな顔をしている。


「んー……こう？　いや、こう？」

ちなみに千種は、手をあれこれ組み合わせて、何かを考えていた。

「千種はいったい何をしてるんだ？」

「あっ、あの、海魔の群れとかを、遠くから撃ちたいなーって思ってて……新技を……」

闇魔法を新しくしたいらしい。

「大怪獣に対抗できるくらいの〈須劫（まっこう）〉で怪獣大決戦になっちゃうと、漁船が助からなかったし……」

なんか大技を持ってるらしい。俺が神器で倒した海魔を滅ぼすくらいのやつ。

「千種も割と爆弾みたいなものだと思うけど？」

むしろ俺よりも。

「千種はなんかヤだ」

「喧嘩売ってる……？」

にらみ合う魔法使いと天龍だった。仲がいいやら悪いやら。

「でも、ソウジロウは、これからちょっと大変ね」

「なにが？」

「友好の証。作らないとでしょ」

そういえばそうだ。

「漠然としてて、ちょっとわかんないんだよな。それ」

友好の証を作れと言われても、なんなんだろうそれとしか。

いったい、どんなものがそれっぽく見えるんだろうか？　なんか言ってた水車小屋とか、そういうのじゃないっぽいんだよな。

「一番いいのは美術品よね。美しさで目を引いて、説明に興味を持ってもらうの。これを作ったのはどんな人なんだろう、どんな風にここに来た逸品なんだろう。そう思ってもらえるようなのなら、一級品よ」

美術品。

「それはちょっとな……」

いきなりの言葉に、尻込みしてしまう。

「自信が無い？」

ミスティアが正解を口にしてきた。

「正直、そのとおり」

肩をすくめて肯定する。ミスティアはくすりと笑った。

「大丈夫よ。どうしてもダメだったら、他の方法があるから」

腹案がすでにあるらしい。

とてもありがたい。その案を使うにせよ使わないにせよ、心にゆとりが生まれる。

「どんなのが？」

とりあえず聞いておきたい。

「森で大物を探して、魔石と剥製を贈るのよ」

なるほど。

「魔石なら、今日倒した海魔のやつがあるけど……千種、海魔の魔石って出せる？」

「あっ、どうぞ」

ビールケース二箱くらい積み上げた大きさのある魔石が、いきなり現れて焚き火の灯（あか）りを乱反射した。

ミスティアが魔石に歩み寄ってのぞき込む。

「うわあ……これはこれですごい価値があるけど……三百年以上の大魔獣ってとこかしら……。これの亡骸（なきがら）は、どうしたの？」

「そのまま沈んじゃったからな……。あ、でも腕だけ切り落として、村の人にあげておいた。セデクさんに話しやすいかと思って」

「そうなんだ。それきっと、伝説になるわね……」

そういうものだろうか。

「そっちで伝説になってるなら、魔石を渡しても友誼(ゆうぎ)の証に海魔を倒したってことで、通ると思うけど」

「……ちょっと野蛮だよな」

「それはそうね」

やっぱり、ミスティアの言うとおり、美術品を渡すのが一番良さそうではある。

「〈クラフトギア〉でなにか作って贈ろう」

「うん、それがいいと思うわ」

結局、最初に出た結論に戻った。まあ、話し合いではよくあることだ。

……しかし、贈り物と思うとなんだか緊張するな。

ブッシュクラフトは、実用品と俺の手遊(てすさ)びくらいのものしか作ってない。改めて人にあげるものをと考えると、なんだか怖い。

これがモノを作るということか。うーむ。

「私はソウジロウが作るものなら、間違いないと思うから。家だって椅子だって、心が込もってたもの」

俺よりずっと自信満々に、そんなことを言ってくれるミスティアの笑顔。

そこまで言ってもらえるなら、

「……エルフの審美眼を、信じてみようかな」

「あら、私の手柄にしてくれるんだ？」

誇らしげにすら見える顔で言ってくれたエルフの言葉で、俺の中で創作意欲が上向いてくる。

我ながら単純だ。

けれど、それでいいだろう。俺はシンプルな生活がしたくて、この森と生活を選んだのだから。

「やってみるよ」

「頑張ってね」

森の中で俺はミスティアとうなずき合ったのだった。


「うーん……〈芭蕉(ばしょう)〉」

「うわあー!?」

ズドン、と暗闇の中をぬめぬめと光るなにかが飛んで木に刺さった。アイレスが悲鳴を上げてる。

「よし。飛び道具、これにしよ」

びちびち暴れる一つ目のなにかを満足げに見る千種だった。

第六十話　名付け親になってた

森で一夜を明かして、拠点に戻ってきた。

大きい放牧場を作ったので、空から見るとけっこう見やすい。

とはいえ、やはり森の方がまだまだ大きいので、そこそこ近づかないとわからないのだが。

「ただいま」

もす、と頭に乗っかってきたムスビを撫でる。

平和だ。

「飛竜ちゃんいないな……」

アイレスがぽつりと言う。そういえば、放牧場に降り立ったのに飛竜の姿が無い。小屋の中にも。

どこかに行ったんだろうか？

「ラスリューが面倒見てくれてるはずだし、心配はいらないと思うけど」

ラスリューはこんな破天荒娘の親をしているとは思えないほど、しっかりしている。物腰落ち着いていたし、なにしろ飛竜に会いたいという気持ちを我慢して、贈り物のことを考えていたらしいから。

付き合いのことをまず考えるあたり、セデクさんと同じく貴種なのだろう。アイレスはちゃんと親を見習ってほしい。

「心配なんてしてないけど会いたい！　一日ぶりの飛竜ちゃんに」

純粋にそういうやつか。

「ムスビ？」

頭の上の賢いお留守番に訊くと、すぐに前肢で方向を教えてくれた。

「あっちらしい」

「行こう行こう」

運んでくれたこともあるので、アイレスをとりあえず優先してあげることにした。

ムスビを頭に乗せたまま、指し示す方へと向かう。どうやら川の方だ。

「ラスリューも飛竜と一緒にいるはずだけど、水遊びでもしてるのかな」

ラスリューが魔物に襲われるところで、飛竜を放っておいたりしないだろう。

「パパ様に話したいことあったし、ちょうどいいよ」

ムスビが頭に乗ってるからか、アイレスは俺の手にぶら下がるように抱きついてきた。

拠点は手狭ではないが、広いわけでもない。

少し歩けば川辺に着く。

そこで、飛竜がひっくり返って寝ていた。

日差しが降り注ぎ、その陽気で温まった川岸には、ほどよく熱を持った石がごろごろ落ちている。

飛竜のサイズと皮の厚さなら、それもまた床暖房のベッドみたいにはなるんだろう。

それはとてもわかるんだが。なんて無防備な。

しかし、

「ヒリィちゃーん、おねんねでちゅかー？　きもちいーでちゅねぇ。ちゅーしちゃいまちゅよぉ〜」

もっと無防備にしている人物がそこにいた。

猫撫で声で、ささやくように飛竜に語りかけている。赤ちゃん言葉で。

「パパ様ー！　ただいまー！」

アイレスがその背中に叫ぶと、フリフリ振っていた尻尾が逆立ち、動きが止まった。赤ちゃん言葉も。


「……あ、あら、おかえりなさい。ソウジロウ殿。少しヒリィちゃんの……飛竜の世話をしていて、お出迎えもできず申し訳ありません」

ラスリューは微笑みをたたえて、何事もなかったかのように応対してくる。

「名前つけたの？　ヒリィちゃん？　わーいヒリィちゃーん！　寝てるところも可愛いねぇ」

アイレスも何事もなかったかのように――いや、もしかすれば、

……飛竜を前にすると、いつもあんなものなのか……？

常習犯の可能性が出てきた。

アイレスがぺったぺったと首周りを撫でる。飛竜がうるさげに目を薄く開き、寝返りしてアイレ

スからそっぽを向いて丸まった。

「あー……ヒリィ？」

「はい……『飛竜ちゃん』と呼んでいたら、その感じで名前を覚えてしまったようでして……仕方なく……」

どれだけ呼んだんだ、それは。

アイレスの飛竜好きは、親のラスリューをしっかり見習った結果だったのだろうか。

ちょっと認識を改めないといけない。


「じゃあまあその名前で育てますか……」

「すみません……。あの、またお詫びをなにかしますので……」

お互いにちょっと気まずかった。

なんというか、バイクの運転をしながらノリノリで熱唱しているドライバーと、信号待ちでその歌声につい振り返って目が合ってしまった時のような。

別に悪いことじゃないので、堂々としていてほしい。こちらにとってもなんだかばつの悪さがある。

「あー……こちらこそ、遅くなってすみません。出ている間になにか変わったことはありましたか？」

大人の対応で切り替える。

すると、意外なことにラスリューはうなずいた。

「実はありました。マツカゼには、もう会いましたか？」

「そういえば会ってないですね……」

お出かけから帰ってくると、ムスビと同じくらい素早く出迎えてくれるマツカゼが、今回その顔を見せてない。言われてみれば、ちょっと変だ。

「彼には出会いがあったんです」

「出会い？」

首をかしげてしまう。

「お兄さーん！」

千種が呼ぶ声がする。振り返ると、

「マツカゼ増えてましたよー！」

リボンをしているブラックウルフのマツカゼと、見覚えの無い顔をしたマツカゼと同じオオカミがそこにいた。

「……マツカゼまで」

増えるのは、ウカタマだけではなかったようだ。

ハマカゼ、と名付けておいた。

特に意味は無い。マツカゼがいるので、分かりやすく松と浜でなんとなくペア感無いだろうか。無いかもしれない。

ともあれ、ハマカゼを見つけてきたのはマツカゼらしい。拠点の近くで他の魔獣に追われているハマカゼを察知して、助けに行ってしまったらしい。

世話役を請け負ったラスリューとしては、マツカゼに加勢してハマカゼを助ける他はなかったと。

それは納得。おそらくラスリューが放っておいても、ムスビが助けただろう。

怪我をしたハマカゼに一晩中寄り添って、マツカゼはすっかり拠点に迎え入れていたらしい。

メスのブラックウルフのハマカゼは、マツカゼより体も大きく一歳くらいは年上だろうとのこと。

傍目(はため)に見てもハマカゼはマツカゼと、とても仲良くなっている。今さら引き離すのもかわいそうだ。

「マツカゼ、お手！」

ささっと手を出すマツカゼ。それを見るハマカゼ。

「ハマカゼ、お手！」

マツカゼの真似をしてお手するハマカゼ。

……やっぱり賢いなー、魔獣。

どうやらハマカゼも、俺に対して敵意が無さそうだ。というか、言うことを聞くあたり、マツカゼがすでに親代わりとして教えているのかもしれない。

これならいいかな？　でもなー、どうしようか……そうほいほい無責任に増やすわけには……。

「よーし、マツカゼただいまー！」

「終わりましたよー」

荷物の整理を終えて、ミスティアが向こうで手を広げた。マツカゼは喜んで走りだした。

「あ」

やっぱり真似して、ハマカゼも走り出した。

「やったーマツカあれ、そっちはだれー!?」

マツカゼが勢いよくエルフに向かって、思いっきりジャンプする。マツカゼの体をキャッチして、ミスティアが困惑している。

ハマカゼも全力で跳んだ。ただし、ハマカゼは鹿よりでかい超大型犬サイズである。

マツカゼを抱きしめるミスティアではなく、手の空いていた千種の方にジャンプした。

「ぐえー!!」

女子高生の悲鳴が響く。

「……よし」

その光景を見て決めた。結局、ハマカゼも拠点の仲間に迎え入れるしかあるまい。

犬は好きだし、名前をつけてる時点で俺の心の底はそうなってたんだろう。

地面に転がった千種を不思議そうに見ているハマカゼの姿に、俺はブラックウルフを増やす決意をしたのだった。

第六十一話　お引っ越しの相談

帰ってきて最初に取りかかったのは、放牧場に併設した犬小屋の増築。

今後増えてもいいように、既舎にした。

マツカゼたちブラックウルフは魔獣なので、雨風がしのげればよほど大丈夫とのこと。

放牧場の近くに厩舎を建てていく。

地面を少し盛って押し固めて床にして、切り出した石を置いて『固定』しておくことで簡単な基礎にする。

大きく作って仕切りをしていくので、余った部屋は倉庫にしよう。

最初はマツカゼとハマカゼの二頭が入ればそれでいい。

遊んだり、走ったりは外でやってもらうとしても、窮屈すぎてもかわいそう。馬くらいのサイズには育つらしいので、馬房くらいの広さにしておいた。

まだまだ中型の成犬を超えないサイズのマツカゼには、大きすぎる広さ。

しばらくこっちにいるのは、ハマカゼだけになるかもしれない。

「すまないな」

建設中に建設現場に遊びに来たらしいハマカゼに謝ると、首をかしげられた。ちなみに今は一応ギリギリ入るマツカゼの小屋で、二頭とも一緒に寝ている。

「ハマカゼのおかげで、狩りもだいぶ楽になってるわ」

とは、ミスティアが言っていたこと。

マツカゼに仕込んだ技はポイント――獲物を静かにマークするということだった。ちなみにまだ幼犬のマツカゼより、聴覚はエルフの方が上らしい。こわい。

いずれ成長したら自然と他の技も覚えていくだろう、というところで。

しかし、ハマカゼのおかげで、マツカゼも狩猟が遊びではなく本気の気迫が出てきたとか。

野生で暮らしていたハマカゼの狩りの集中力が、マツカゼに良い影響を与えてくれたということだろう。

逆に、ハマカゼもミスティアを信じて動くマツカゼの信頼感が、狩りのリーダーが誰かを教えてくれたという。

「ウルフエルフ……」

「変なこと言うのはこの口ね？」

「あっ、ごごめんなひゃいぃ……！」

千種がミスティアに責められている。

マツカゼ、だんだん逞(たくま)しくなっているのか……。

「もしかしたら、すぐ大きくなるかもねー」

厩舎の完成が急がれるだろうか。

「マツカゼ、早く作ってやるからな。……でも、もうちょっとゆっくりでもいいからな？」

膝上でころころしてお腹を見せてくるマツカゼに語りかけると、黒い毛玉は目をぱちくりさせて伸びていた。

まあ犬はすぐ、大きくなるものだ。仕方ない。

そんな感じでマツカゼとハマカゼについては、収まるべき感じに収まった。


というところで一段落ついたところで、俺には一つ悩みがあった。

「……芸術品、とかは、いまいちぴんとこないな、やっぱり……」

必要な物を作るのは、得意だ。いろいろとやるべき形が思い浮かんでくる。

しかし、芸術品と言われると悩ましい。

ミスティアが背中を押してくれたので、自分なりに作れるものはあるか、と考えてみたのだが。

どうにも思いつかない。

固まっているうちに時間が経ってしまい、ご飯の準備をしないととか思い至ってそっちで手を動かしてしまう。

忙しいからな。仕方ないな。

などと、やきもきしていた時だった。

「実は、本日はこちらからお願いがあるのですが、よろしいですか？」

と、ラスリューがそう切りだしてきた。

「いいですよ。なんですか？」

「この森に移住したい者たちがいます。総次郎殿から、許可とお力添えをいただきたいのです」

「移住？」

ラスリューから言われた話に、少し戸惑う。

この森は広いし、俺が統治しているわけではない。勝手に住み着いている俺が、勝手に許可とかそういう話をして、いいものだろうか？


「アイレスがこの土地をとても気に入ってしまいました。もちろんヒリィちゃんと、貴方のことも。ですから、近くに住みたいのです。傘下に加わると、そう思っていただいても構いません」

「毎日通ってきてますからね、アイレスは」

住処まで変えてしまうとは。いいんだろうか。

しかし、アイレスはこれまで毎日通いだったが、ご近所になるとまで言うなら、飛竜の飼い主である俺に話が来るのも分かる。

「つまり近くに住みたいけど、目的がこの拠点とご近所さんになることなんですね。引っ越することですか？」

「はい」

「今でも毎日通ってきてるし、俺はいいと思いますが……」

大変そうだが、まあそんなに変わらないのでは？

とかのんきに思っていた俺だが、

「しかしそうなると、我々の奉公人たちもまた連れてきてやらねば、忍びないのです」

「奉公人」

おお、なんか皺（しわ）くちゃのおばあちゃんくらいしかもう口にしないよ。奉公とか。

「はい。私たちは天龍族ですから、それ相応に仕える者たちもいますので。土地も奉公人も、いちおう他の龍に譲ることはできるのですが……できれば、連れてきてやりたいと思っております」

あれ、俺が思ったより大きい話かもしれないなこれ？

「時折分けていただけるお食事などをお土産にすると、喜んで飛び上がっているのです。置いて移住してしまえば、絶望して二日は泣き崩れて動かなくなりそうな者もおりまして……」

「そんなことになってるんですか!?」

「はい。アイレスが毎日帰ってくるたびに、なにか手土産はないのかと、おこがましくも期待することを恥じておりました」

「わあ」

かわいそうだが、嬉しくもある。自分が作ったものを、そんなにも喜ばれているとは。

ちょっと顔がにやけそうになる。

「とはいえ、私どもも大勢で押しかけたいというわけではありません。ここの下流に、大きな湖がありました。そちらの畔に小さな屋敷を置いて、畑を拓いていきたいと考えております」

「そういえばありましたね。なるほど、あそこなら遠くも近くも無さそうな……」

しかし、それは村ごと移住してくるということじゃないだろうか。

「はい。その折には、総次郎殿のお力をお借りしたいのです。森を伐り拓くのに、私の力では焼き払ってしまうしかできません。それでも開拓はできますが……あまり、優雅ではありませんから」

「それは確かに」

ということは、伐採や製材などを期待されているということか。

うーむ、傘下に加わるとまで明言しているのは、俺がラスリューの上に立つぐらいの気持ちで考えてくれということだろう。

実際にそんなことはないとしても。

……それは正直、あまり望んでいるわけではないが……。

問題なのは、飛竜やマツカゼ・ハマカゼといった、面倒を見る相手が増えていることだ。

正直なところ、人手があると助かる。

いや、彼らが手間がかかるとか、そういうことでもないんだが。

ただ、マツカゼが相棒を迎え入れて良い変化があったように、ミスティアや千種のような超人的人物ばかりがいるだけでは、俺の手や意識も鈍ってしまうかもしれない。

それに、ラスリューが連れてくる者たちだ。天龍がちゃんと取り仕切ってくれるだろう。

赤ちゃん言葉を使ってヒリィを可愛がるばかりが天龍族じゃないはずだし。

「……もちろん、お礼はいたしますよ。それに、奉公人たちは、きっと総次郎殿を喜ばせることもできますから」

「俺を？」

「あら、お分かりになりませんか……？」

ラスリューが妖しげな笑みを浮かべて、俺の手を握る。

触れるか触れないかの儚(はかな)い距離で、細い指が手の甲を撫ぜ回してきた。

「私たちは、傘下に加わるのです。どんな奉公をさせても、よろしいのですよ……？」

「ラスリュー、それは――」

あまりよろしくない想像が脳裏に浮かぶ。

反射的に顔をこわばらせた俺に、あくまで優雅な態度を崩さず、ラスリューが微笑みながら告げた。

「たとえば……お・こ・め、などですね！」

お　こ　め。

「……お米？　あ、そうか」

ラスリューから、たびたびお米をもらっている。

それは彼女が自分で作っているようには思えない。

「はい。奉公人が米作りをしておりますから。ここでも作りましょう。お裾分け……いえ、いっそ田植えをする方が、総次郎殿の好みでしょうか？」

ニコニコしながらそんな提案をされた。

確かに、願ったり叶(かな)ったりだ。


ラスリューの引っ越しを手伝うだけで、近くに信頼できる相談相手ができるとも言える。農業やその他の。

「もちろん、全員に人間と友好的に接するように取り仕切りますから。私が。天龍族ですので」

むしろ、こちらからお願いしたいような条件だ。

しかし、

……ネコ(飛竜)狂いの常連客とか思ってたの、バレてたかもしれない。

ちょっと意地悪なやり取りは、そう思わないでもない。

「分かったよ。よろしく」

お米のために、俺はうなずいた。

「いえいえ、こちらこそ。総次郎殿がハマカゼをお迎えしたので、これから人手を増やしたくなるかもと、時機を狙っておりましたから」

まあ確かに、飛竜も魔狼も増やしたせいで、獲物の解体がわりと大変になってた頃合いなのだ。狩りが順調で、食べる役も増えたから。

ラスリューは、俺が思った以上よりずっと、ここに移住したいという気持ちでいたのかもしれない。たとえば、ここに来る前から。

贈り物を選定していたりと慎重になっていた、とはアイレスから漏れてきた事情だけど、そういう心づもりが最初からあったならさもありなんといったところ。

とはいえ、そんなにもこの森に愛着があるなら、悪いことにはならないだろう。

「……そうだな。これからよろしく。ご近所さん」

「ええ、ええ。ありがとうございます」

ということで、芸術品を作る時間を作るために村を作ることになった。

悪いことじゃない。むしろ歓迎できる。

なぜならラスリューからもらうだけだったお米が、ここで作れるとなればいろいろ話が変わる。

お米を作れる……ということは、豆が作れる。

畦豆(あぜ)というのは、田んぼの畦で作るから畦豆と呼ばれるのだ。田んぼで米を作り、畦で豆を作る。

日本の田舎でよくある話である。
大豆が作れるなら、味噌や醤油を作ることにも挑戦できる。
つまり、刺身が美味しくなるはず。
よし、頑張ろう。

第六十二話　お手伝いさん現る

朝。

マツカゼが顔にダイブ。ハマカゼが腹にダイブ。狼の毛の中に埋もれて覚醒する。

さらに顔を舐められる。

「うぐおお……お前たち……おはよう……」

ハマカゼはもともと大型だが、最近すくすく育ったマツカゼも、さすがに顔に乗っかられるのは重い。

「手加減を頼む……」

小屋に突撃してきた二頭の狼は、俺が起きて顔を撫でてやると、うろうろと足元を忙しなく走ってから外へ飛び出していった。


朝風呂を浴びてさっぱりした頃合いで、ラスリューとアイレスがやってきた。

それと、今日はさらに数人いる。

「総次郎殿、彼らがお話ししていた奉公人の先陣です」

ラスリューが紹介してくれたのは、統一感のある和装をした一団。

「みんな額に角が」

「鬼族ですから」

先陣の鬼は五人。筆頭はゼンという名前の鬼だった。壮年の男性で、髪には白髪が交じりながらも、太い首筋と厚い胸板から筋骨隆々とした彼の体軀が分かる。


「儂は戦士でありますゆえ。他の三人で野営地など、作ってやりまする」

「三人？　もう一人は？」

「アイレス様のお世話役になります。あれを残していくので、ソウジロウ様のお役に立てればと。なんなりと使ってやってください」

とのことだった。

なお、ラスリューから事前に、彼らは奉公人だから敬語など使わないでやってくれ、と頼まれている。

そのほうが彼ら自身も楽だろうとのこと。郷に入っては郷に従うしかない。

最近俺にアドバイスをしてくれる偉い人の言うことは、素直に聞いておいた方が楽になることばかりなので。

そして四人はラスリューの手振りでそそくさと下がっていった。彼らは大荷物を抱えている。その荷物を持って、予定地である湖に行くらしい。

そして、残された鬼の女性が、改めて俺に向き合った。

「牛頭鬼の、ヒナです」

とても背が高い女性だった。

ミスティアも高身長だが、ヒナは俺より大きい。一九〇くらいはありそう。

「でっっっか!!」

「挨拶中に失礼よー？」

千種が叫んで口をあんぐり開けているが、ミスティアが手で塞いだ。ありがとう。

「牛頭鬼、ですか？」

首をかしげると、ラスリューが近寄ってきた。

「ええ、ウシのように大きくて頑丈で、我慢強い。この血が発現する者は珍しいのですよ。鬼族がみんなこのように大きいわけではないですから。同じくらいの大きさだと、馬頭鬼のマコくらいですわ」

「あ、そうだったんですか」

大きな体つきに、しっかりした体幹。額からは角が生えていて、赤い目をしている。そして、下向きに垂れた尖り耳。

なるほど、鬼っぽいところも牛っぽい角もある。


「では、ヒナ。ご挨拶を」

「なんでも、言いつけてください。ソウジロウ様」

少しハスキーな声でそれだけを言って、ヒナの挨拶は終わりのようだった。

いろいろ特徴はあるが、種族を無視した見た目だけで言うならば、栗色（くりいろ）の髪で、切れ長の目じりをした物静かな女性である。

と、その肩にひょいっとアイレスが飛び乗って腰を下ろした。

「ほらほら、手土産（パン）を渡さないと泣き崩れるの。あれがヒナなんだよね。でもって、ヒナはボクのお世話係」

そして意外な追加情報。

「泣いては、いません……まだ」

なるほど。アイレスが入り浸っているから、いっそお世話係も連れてきたのか。

「食べるのが好きなんですか？」

「……お恥ずかしながら」

ヒナはちょっと頬を赤くして、切れ長のまなじりの目を焦ったように横へ逸らして答えた。

「鼻と舌が敏感なんだよ。他の鬼はちょっと腐ったものも気にせずかじるけど、ヒナは涙目になるから」

アイレスが、自分より大きな鬼の鼻と唇をつつき回しながら、そんな紹介をしてくれる。

なるほど、そういうことなのか。

同じ扱いしていいのか分からないけど、確かに牛も鼻が利くし、牧草の状態や種類で乳量変わるしな……。

「それなら、ご飯の手伝いって、してもらってもいいですか？」

「もっちろん。そのために連れてきたもん」

「なんでもします」

真っ先にアイレスがうなずいてから、ヒナがこくこくと首を縦に振る。

紹介のやり方を考えるに、たぶん最初からそういうつもりで連れてきたと思われる。こういう時に、ラスリューは意味の無い紹介はしないはず。

そして、実際それは俺のやりたかったことでもある。素直に受け取ることにした。

「助かるよ」

……しかし、大丈夫だろうか？　人に教えるなんて、したことないんだが。

とりあえず様子見代わりに、潮汁（うしおじる）を作ることにした。

塩と出汁（だし）で作る、とてもシンプルな海鮮系の汁物だ。砂を吐かせておいた貝から出汁を取って、少しの香味野菜と塩で味付けするだけだ。具に海藻も入れておく。海岸で拾ったアオサっぽいやつ。

味見をしてみると、貝類の出汁と海藻の持つ旨味（うまみ）が合わさって、なんだかほっとする味わいになった。

味噌とか醤油とかがあれば、もっと深みが出せると思う。

でも、肉厚の貝が具として鎮座しているので、これはこれで十分とも感じられる。

「少し味見してみて」

「はい」

こっくりとうなずいたヒナが、慎重な手つきで汁を取った小皿を両手で受け取る。小皿には小さく切った貝と、少しだけアオサが入っている。

ゆっくりと顔を近づけて、

「すぅー…………ふぅぅ…………」

真剣な顔つきで湯気を嗅ぎ取り、大きく息を吐いた。

「……極上の香りです…………」

ぽっ、と頬を赤くしている。

それからようやく、口にする。ちなみに箸は使えるらしい。


「っ～～……お、美味しいです……本当に……」

「それは良かった」

出汁を噛み締めるように、目を閉じて唇を引き結びつつも、口元をむぐむぐと動かしている。

本当に食べるの好きそう。

塩と貝出汁だけのシンプルなものを、これほど味わってくれるというのは喜ばしい。

というのも、シンプルなのでほぼ素材の味を楽しむものになる。ここで美味いまずいはあまり分かれない。

ただし、凝った料理が好きなのか、それとも食べるのが好きなのかは、だいたい反応が分かれる。

これは食べるのが好きなタイプ。

……目が釘付けだからなー。

味見の分を食べ終えてしまい、じっと鍋を見つめている。

とても名残惜しそうだ。


微笑ましく思っていたら、ふとヒナが鍋を指差した。

「ソウジロウ様。お米、もう炊けます」

「え？　あ、ほんとだ」

鍋で炊いていたお米が、菜箸を当てても静かだ。炊き上がっている。

竈から鍋を移そうとしたら、ぬっと出てきたヒナの手が、鍋をがっしりと掴み上げた。

素手だ。

「だ、大丈夫なのか？」

「はい。鬼、なので」

そういうものなのか？

火から下ろした鍋を、なにも言わなくても蓋を開けずに置いておいてくれる。

そしてすんすんと匂いを嗅いでいる。

「このまま蒸らし、ですか？」

「そうして」

米は火が通ってから蒸らしの時間を置くと、炊き上がりが良くなる。そんなことは基礎知識、とばかりの動きだ。

本当に世話係として、手慣れているらしい。


考えてみれば、ヒナはこの米を作った鬼族の人間で、いわば米農家のお料理番だ。俺の方が学ぶべきかもしれない。

「普段は、どのくらい蒸らしてるんだ？」

訊ねてみる。美味しい炊き上げ方を知っているかもしれないので。

「……良い匂いに、なるまで」

すごい回答がきた。熟練にも程がある。いや、能力なんだろうか。

「蓋は閉まってるけど」

「大丈夫、分かります」

蓋には小さい蒸気穴が空いている。それだけで十分ということだろうか。

と、感心していたらハッとした顔でヒナが振り返ってきた。

「……ソウジロウ様の炊く匂い、覚えた方がいいですか？」

俺がやるいつもどおりの味を覚えた方がいいか、ということだろうか。

「いや、食べてみたいから、任せるよ」

米を作ってる人が炊いたお米を食べてみたい。

というのもあるけど、そもそも匂いで炊き上がりを記憶しているほどの細かなこだわりまで俺は持ち合わせていない。

いつも俺が調整しているタイミング、というのは実はあんまり無いし。他が用意できるまで、放っておいてるのが俺の蒸らし時間だ。


「分かりました」

ヒナは静かに力強くうなずいてくれる。

どうやら思った以上に、頼もしい料理人が来てくれたらしい。これはプロの顔つきだ。

教えられるか、なんて不安に思う必要は無かったようだ。

この分なら、きっと横で見ているだけで、すぐに覚えてくれるだろう。食べたことはあるけれど、時間がなくて再現できていない料理も、いろいろとある。

一通りの料理を見せられたら、そういう料理の再現も、ちょっとお願いしてみたい。

もちろん、俺が自分で作るのもやめるわけではない。楽しいので。

でも、やりたいことがもっとやれるようになる。それは素直に歓迎していこう。

朝ごはんに食べたご飯は、粒が揃った良い炊き上がりをしていた。

第六十三話　牛乳

「牛乳が欲しいな……」

思わずそうつぶやいたのは、パン種を作っている時だった。

牛乳。そしてバター。

それさえあれば、パン作りも味に幅が出る。

町に行けば買えるかと思いきや、牛乳はあまり売り買いしないとのこと。そもそも牛乳をそのまま飲むものだとは、思われていないそうだ。ごくたまにヤギの乳でパンを煮るとかに使われると。

理由は簡単で、足が早くてすぐ飲んでもたまに腹を壊すから、だそうだ。すぐ飲んでも、というのはたぶん脂肪分のせいだろう。


そもそも家畜を育てると魔物に狙われるこの土地では、乳を出す家畜はごくわずかしかいないと。

どうしても飲みたいなら、農家に話をつけて乳が出せるヤギを買ってくると言われた。

言われて思い出したのは、昔、鶏小屋に侵入したキツネに鶏が被害を受けたこと。

貴重なものを買い取って、魔獣だらけの森で農場まで建てて、野良魔獣にあっさり被害を受けてしまうかもしれない。

俺が世話をしているのは、基本的に森の中でも通用する強さのある賢い生き物ばかりだ。手間のかかる通常の動物を、きちんと育てるには知識も経験も、そして手も足りない。
遠慮しておいた。

バターも買わなかった。そんな土地で、バターが潤沢にあるわけもない。オリーブオイルがあればある程度代用はできるし。俺が買い占めるのはやめておいた。

すっかり脱線してしまった。本題に戻そう。

牛乳が欲しい。それでバターも作りたい。

「ラスリューなら、どうにかしてくれるか……？」

「隣に良い牛乳(うしちち)がありますよ、と優秀な妖精からのアドバイスです」

パンを捏ねるための必要不可欠なメンバー。酵母を蓄えた小妖精(ピクシー)を呼んだら、余計なものまでついてきている。

見た目だけは美しいモデル顔負けのスタイルに、幻想的な四枚の羽。表情を変えない鉄面皮ながら、花のように可憐(かれん)な姿の大妖精(アークフェアリー)が、いつの間にかそこにいた。

「サイネリア。アイレスと遊んでなくていいのか？」

サイネリアには背中に羽がついていて、いくらでもふわふわ飛べる。はずなのに、なぜか毛玉に頼りない翅(はね)があるだけにしか見えないような、小妖精(ピクシー)を何匹も集結させ、それの上で足を組んで座っている。

「はぐらかさずとも良いではありませんか。立派な体格に負けないご立派な乳の持ち主が、隣におりますよ。乳ならそこから搾ればよいのです」

ほれほれ、と突いている。突かれているマコが、目を閉じて顔を赤くしながら羞恥に耐えている。

「……フェアリー様、あの、出ません」

「サイネリアの言うことには、付き合わなくていいよ」

「でも、アイレス様の、お友達……」

この世話係、どうも甘やかしてそうだ。

サイネリアの言動に、あんまり意味は無い。でもたまに聞き逃すと危険。厄介な相手である。聞いた上で聞き流す。それがベストな対応なんだが、その判断を全部こっちに投げてくるので、精神的に疲労する。

「まったくお前は、珍しいものとお菓子みたいなものと、手間のかかるものだけを食べるんだから……」

「妖精というのは、毎日顔を合わせるものではないのです。楽しい時にだけ現れ、楽しい時にだけ歌い踊る。それが妖精というものです」

妖精らしいといえば妖精らしい。

それが種族的な性向と言われると、いまいちこちらとしても口が出しづらい。なにしろ相手の文化だ。

「それに天龍族と引き合わせたのは、優秀な妖精です」

そういう文化のおかげで、俺も出会いがあった。パン焼き係を増やすために、ヒナと一緒にパン種を捏ねているので。

「……まあ、それは分かった。だったら、今はなんで出てきたんだ？」

「おやつ係が増えたからです。ヒナのことは、優秀な妖精も目をつけていました」

「私……？」

ヒナが不思議そうな顔をしている。

「牛の味覚はヒトの数倍、嗅覚もイヌより鋭い。牛頭鬼は我慢強く、頑丈な体の持ち主と言われています。しかし実のところ、味覚と嗅覚が鋭くてストレスを感じやすい。頑丈な体でなければ生き残れなかった。そういう血なのです。あと、目も悪いので」

「なるほど、感覚が鋭いけど、その代わり繊細なのか」

「いえいえ、図体(ずうたい)の割にあちこち過敏で臆病と言いましょう」

「いや、絶対に俺の言い方のほうがいいだろう、今のは」

なんてことを言うんだこいつ。


「しかし、おやつ作りにはもってこいの人材です。なので、進捗を確かめに来ました」

「欲望に忠実な……」

「無論、ただでとは言いませんとも。もらったおやつには、金貨で返す。それが妖精です」

もうちょっとバランスのいい生き方をしてほしい。

「欲しいものが聞けたので、あとは楽勝ですね。これで優秀な妖精が、芸術品に向けて一歩リードです」

「えっ？」

なにやら不思議な言葉を残して、

「小妖精（ピクシー）。サイネリア、いきます！」

右足と左足に一匹ずつの小妖精（ピクシー）を下に敷いて、その上で仁王立ちするサイネリアが遠ざかっていった。

『行きます』って、どこ行くんだろうか……。


そんな妖精の行状を聞いたアイレスは、あっけらかんと言った。

「サイネリアは美しいものに目がないからだよね。だからでしょ」

わかるよね。

みたいな雰囲気でアイレスに言われた。そんなさも当然みたいな態度を取られても。なにも分からない。

「あれ、ソウくん、わかんないんだ？　かーわいいー」

クスクス笑いながら俺の首に抱きついて、頬ずりしてくるアイレス。可愛いの基準それで合ってるのか？

　まあアイレスは雌雄両性の天龍族だからなぁ（思考放棄）。

「今日はパンを作ったんだね」

「湖の方に行くから、持ち運びやすいものをな」

　パンを焼いたのはお昼ご飯用だ。

　ミスティアが湖まで鬼族を案内している。そのままエルフと天龍の力で、結界を作るらしい。この拠点にもある、魔獣を惑わすやつだ。

　メニューはハムサンド。ハムは毎日焚き火をしているので、ついでにたくさんある肉を燻（いぶ）しておいただけだが。素材の肉が美味しいので、それなりの味。

　いずれ、ちゃんとした燻煙器（くんえんき）と香りのいい木のチップで作ろうとは思っている。


「ボクはパン美味しいから好きだけどねー。今日もいい香りしてるね。一つちょーだい。あーん」

　かぱりと大きな口を開けるアイレス。その口に、パンが差し込まれた。

「はい」

「もぎゅ。ってヒナ！　今のはボクとソウくんのイチャイチャでしょ！」

「すみま、せん。つい」

　アイレスの要求に素早く応えたはずのお世話係が、怒られている。

「まったくもー。パンが美味しいから許してあげるけど。ふわふわでさいこー！　ソウくんの愛を感じるよっ」

もらったパンをふがふが食べて喜んでいるアイレス。

「美味しいか？　それは良かった。いっぱい感じてくれ」

「でもヒナに料理を教えてるんだよね？　パンは早くない？　あんなに色々やるの、ボクなら放り投げちゃうよ」

「いや、ヒナが自分から『覚えたい』って言ったんだ」

「へー、よっぽどパンが気に入ったんだね？」

ニヤニヤと意地の悪い笑いを浮かべるアイレス。食いしんぼうめー、とか言っているが、

「それは少し違う。『アイレスが好きなものだから覚えたい』って言ったんだ。良かったな。ちゃんと愛が入ってるぞ、それ」

アイレスが、少し考える顔をする。そして気づいた。

「……………あ、これ作ったのヒナなんだ？」

「は、い」

やっぱり恥ずかしそうにうなずくヒナだった。

アイレスはもう一口パンをかじって、よく噛んで、飲み込み。

「えっ、うまくない？」

驚いている。

「美味しい。初めて作ったとは思えない」

「難しいとこ、なかったので……」

確かに、繊細な作業は苦手だと自己申告されていた。とはいえ、基本のパン作りなので器用さは使わない。

この拠点でパンを焼くときのコツは一つだけだ。パン種は多めに作ること。

妖精がもっていくせいで。


それさえ守ればあとは簡単だ。ゆっくりと焼くので、焼き加減の判断もその鼻に任せてみた。

それが見事に大当たりだった。完全な焼き上がりだ。

「はえー。才能じゃん」

「いや、愛ってやつかもな？」

ヒナが最初にアイレスの好物を覚えようとしたのは、まさにそうだろう。そして、

「ちょっと失敗したのは、自分で食べてたから」

それが料理人の愛でもある。

「ばらさないでくださ……」

「俺もよくやるから」

恨みがましそうに見てくるヒナに、俺は笑いながらそう言って誤魔化した。

「ふーん……じゃあこれ、ボクが全部食べるね？」

「それはダメに決まってるだろ」

アイレスがヒナに伸ばした両手をがしりと摑んで、歩いて遠ざかる。俺の肩に乗るアイレスを、パンから引き離しておいた。

「……ソウくんのパンも、欲しいな？」

とはいえそんなことを言われて。悪い気もしないわけで。

「お昼にな」

「わーい！」

結局、妖精のアレはなんだったのか、ちゃんと聞くのを忘れてしまった。

第六十四話　闇魔法の代償

天龍族のお引っ越し計画は、こうである。

湖のそばを伐り拓いて、数人ずつ鬼たちを送り込む。そこで仮のプレハブ小屋を建てて生活しつつ、建物と人をどんどん増やす。

次に畑を耕しつつ、天龍族を迎える建物を作る。それができたらラスリューとアイレスはそこに移り住み、鬼族たちは村を整えていく。

この計画で俺に期待されているのは、もちろん工作技術だ。

まず村を作るために、大きく湖の周辺を拓いていくこと。そして建物を作るための、材木加工だ。

専門家を連れてきているらしく、作ってほしい部品の図面を渡してくれるらしい。俺はその設計図に従って材木を加工する。


「また伐採かー」

「頼むよ。うちの重機係」

「あっ、はい。ろろろ労働はいいですよね……」

明らかに思ってないことを言う。

……最近は、割と楽しそうにしてたけどな？

なにやらげんなりしている千種に、ちゃんと訊ねておく。

「何か気になることがあるのか？」

千種はそわそわ肩を揺らしつつ、目を逸らして言った。

「うぅ……し、知らない人いっぱい来る中で働くんですよね……？」

それかー。

要するに人見知りを発動しているらしい。ううむ、励ましておくか。一応。

「あー……いや、接客業じゃないから、別に千種はいつもみたいに、俺と暗い森の中にいればいいけど」

「あっ、なんだ。じゃあがんばろ」

立ち直ったらしい。


「あっ、お兄さんはいいんですか？」

「何が？」

「ほら、あの、忙しさ、とか。なんか、新しく作るものある、って言ってたような……」

そんなことを言われてしまう。

まあ確かに、それはそうなんだが。

「急ぎじゃないし、まだイメージも湧かないしな。その間に手を動かせるものがあるのはいいことだよ」

こっちを優先したところで、誰から文句を言われるでもない。

気楽にやりたい。

「はー……でも、ちょっと楽しそうにしてます、よね？」

……バレたか。

もちろん、そんな穴埋めだけの気持ちではなく。

もうちょっとシンプルに喜んでる部分もある。それは、

「いやほら……お代をもらって工作するのって、本当に工房っぽいから。職人になったみたいで、ちょっと嬉しい」

「あは」

千種と顔を見合わせて笑う。

子供みたいと思われるかもしれないが、俺は手仕事を始めてまだ一年生だ。

「子供の頃、ど田舎で近所の家の人に、うまくこき使われていたのを思い出すよ」

「あっ、児童労働……」

「いいえ。〝お手伝い〟です」

田舎ではよくあることだ。子供でもできる農作業なんかを、お手伝いの名目でやらされる。

あの頃も、最初だけは楽しかった。ずっとやらされるとつまらなくなって、拗ねていたりもした。

でも、なんだかんだで、全部終わらせて成果を見ると、やはり達成感があって。

「収穫の手伝いなんかは、いろいろと量が多くて大変だったけどな……でも、鶏小屋を建てる手伝いをしたのは、思ったより楽しかったよ」

「そういうものですか……？」

「ご褒美が野菜じゃなくて、お肉と卵だったからな」

千種がへらりと笑う。

「子供みたいですね」

「子供だったんだよ、俺だってその頃は。それに、鶏がそこですくすく育っていくのを見れたから。後々までちょっと嬉しかったよ」

建設の手伝いをした小屋で鶏たちが育ち、卵を産んでくれる。その鶏が元気なのを見かけるたび、ちょっとだけ誇らしくなった。

「ご褒美といえば、今回は米と大豆がかかってる。重要だろ？」

鬼族から、お米や農作物などをもらえるという話をしてある。米や大豆、他にも村で取れたものをと。

大豆である。めちゃめちゃ有用だ。

「あっ、お米は嬉しいですけど……豆はそんなに？」

しかし、千種は首をかしげた。

「……大豆で味噌と醤油が作れるんだけど」

「あっ……あーっ！　そっか！　聞いたことあります！」

忘れてたらしい。

「がんばります。醤油、作ってくださいね！」

刺身も焼き魚も、海のものが食べられる環境で、やはり無いのは寂しかった。気持ちは分かる。

分かるが、

「完全に俺任せなの……？」

「わたし、作り方とか知らないですし……？」

それはそう。


「原材料があれば解決ってわけにはいかないのが、怖いけどな……作れるかな？」

「お兄さんならなんとかしてくれます！　わたしならどうにもなりません！」

後半はそんなに堂々と言うことじゃない。

まあともあれ、

「村づくりのやる気は出してくれて、なによりだよ。頑張ってみるから」

俺としてはそう言うしかない。千種がいると、作業効率が違う。

ラスリューは他にもまだまだ、お礼を考えていてくれるらしい。俺は米と大豆と、田んぼ作りだけでも十分だと思うんだが。

だが、仕事の評価をわざわざ自分で下げるまでもない。ここは高く評価してくれたラスリューに、きちんと仕事で返すことにしよう。

あちらの村と俺の拠点までの往復は、アイレスが毎日乗せてくれるそうだ。乗せてくれるのは、実際ありがたい。速さが違う。

「あっ、わたし今の話で思ったんですけど……」

「うん」

「唐揚げがあったら、もっと頑張れると思うんです」

「……そっか。唐揚げか」

「この前の蛇のやつがいいです」

肉まで指定して。

千種もけっこう要求するようになってきてくれたものだ。

「……やる気を出してくれて嬉しいよ」

俺も、千種の仕事を評価してやらないとな。

使われる側だと思っていたら、俺も使ってる側だった。

「明日は唐揚げにしようか」

「やったー」

重機の燃料としては、安いものだと思おう。

第六十五話　試される森林

そこは大きな湖だった。アイレスみたいな大きい龍が住んでいても、おかしくないかもしれない。上空から見ると青みが強い――つまり水の透明度は高く、湧き水があるようだ。農業用水としても使えそうだ。

アイレスと千種と共に降り立つと、湖の畔には、先に向かった鬼族の者たちがいた。どうやら無事にたどり着いたらしい。

全員が背負っていた大荷物を下ろし、荷解き(にほど)きしている。

「最初からこっちに降りればよかったのに」

「最初にソウくんに顔見せもしないで行くのは、ちょっと選択肢に無いよね」

ここまで乗せてくれたアイレスが、そんなことを言う。

まあ確かに、向こうは俺の近くにという条件で引っ越してきている。人の山に入るようなもので、先に顔見せするのは礼儀かもしれない。

森の中を移動した鬼族は、一人だけ満身創痍(そうい)になっていた。

「大丈夫？」

「お、お見苦しいところをお見せしまして」

傷だらけだったのは、ゼンだ。彼は全員を率いる戦士だったはずだが、他は無傷でも一人だけかなり死闘をしたらしい。

「手当てとかは？」

「鬼は頑丈ですゆえ。見た目ほど酷くもありませぬ」

そういうものか？

近くの木立にいたミスティアに目を向けると、エルフは肩をすくめた。

「ナーガミュート相手に、初見でタイマンはやめなさいって言ったんだけどね」

「あの蛇か。いたんだ」

蛇のくせに腕が生えてるやつ。三本指の毒爪があって、ただの蛇だと思ったら、腕で地面を叩いて飛んだりするので厄介だ。

「腕試ししたいって言うから、手を出さないで見てたのよ。私だけじゃなくて、他の鬼族もね」

「どうだった？」

というのは、戦いぶりのことだ。

「んー、まあまあかな。でも、やっぱり相手の腕と、武器の相性かな。戦槌だと、蛇相手は大変よねー。お互い痛み分けで、逃げられちゃったわ」

ミスティアの口ぶりは、褒めているほう。ただ、これは文字通り敵の腕部分で力を試された感じだったか。

この森、けっこう試される大地なんだよな。

「蛇って、どのへんにいたんだ？　近くにいる？」

「初戦は油断しましたが、次は負けませぬ。ご安心ください」

ゼンが慌ててそう言い募ってくる。おお、心は折れてない。

「あー、そっか」

千種の唐揚げにしようかと思ったんだけど、横取りはよくないよな……。

新しいのを探すべきか。

「あら、ソウジロウ、蛇が欲しいの？」

「ちょっとな」

ミスティアの問いかけに、目で千種を示す。エルフは小さく笑った。通じたらしい。


「なら、結界のついでに、私が狩ってくるわね。相手も手負いだから、トドメは刺したほうがいいものだし、ね」

「横取りにならないか？」

「半分置いていけば平気よ。いいわよねー？」

ミスティアがゼンに向けて疑問符を向けると、老戦士はぐぬぬと複雑そうな顔をした。

「……四人がかりでなら、仕留められまする。手負いを相手に、お手を煩わせるわけには……」

なにやら遠慮があるのか、それとも鬼族の沽券（こけん）に関わるのかもしれない。

しかし、エルフは軽く肩をすくめた。

「開拓に来たんだから、それ以外のことは些事でしょ。やることは、他にたくさんあるんだから。開拓は最初が一番大変なのよー？」

「……返す言葉もございませぬ。お任せして、よろしいでしょうか」

ゼンは俺とミスティアに頭を下げた。真面目だなー。

「ふふん、かしこまり」

腰の短剣をギュッと握って森の中に目を走らせるエルフ。おお、眼光が野蛮だ。狩猟者の鋭さ。

「ミスティア、マツカゼとハマカゼは置いてきたけど、大丈夫？」

「あの狼に狩りを教えているのは、私ですから」

ミスティアは得意げな顔でそう宣言して、森の中に消えていった。

うちの狩り担当には、反論することもできない。

じゃあ俺は開拓を進めるか。

「ラスリュー、どのあたりから拓くんだ？」

「ひとまずこのあたりからあちらの方角へ、と考えております」

そんな大雑把な打ち合わせをして、作業に取りかかる。

今日も一日ご安全に。

頼まれたのは伐採だが、どういう風に作業を進めるかは、お任せされてしまった。

とりあえず大きな木を湖方向に倒していく。手近なあたりは、さっさと抜根まで行ってしまう。

鬼族は最初はテント生活をするつもりらしいが、平らな空間が少しあれば小さい小屋ぐらい建てられるだろう。

そのくらいの場所は、早めにあった方がいい。

このあたりは、少し木の密度が高い。

「ちょっと大きくやるか」

森の木々に、切り込みを次々入れていく。木の両側から切れ込みを入れるが、湖側は低く、反対側は高く。そして、切り込みを完全には合流させないでおく。

ここで切り込みの方向を揃えるのが大事だ。

数十本もの木にそれを施したら、誰も近くにいないのを確認してから、

「千種、頼む」

「あっ、はい。千種影操咒法(ちくさのえいそうじゅほう)──〈蛸〉」

数本の木をまとめて押し倒した。

倒れる寸前まで切り込みが入った木は、湖方向にバキリと折れる。そして、同じ向きに深い切り込みの入った隣の木に激突して、それも折れる。伐倒は連鎖する。

同じ方向に倒れるように切り込みを入れられた木々は、将棋倒しに倒れていった。

動物も入れないくらい密度の高い竹の密集地を、重機でバキバキにしていた時のような光景。竹よりずっと木が太いけど。

やがて、目の前の木々が地面に横たわる光景が広がった。

「わあー……これ、拾っていくんですか？」

千種がそんなことを言う。俺はうなずく。

「もちろん」

「うわあ」

「何度もやるよ」

「うぎゃあ」

これだけ倒しても、周りにはまだいくらでも木々がある。なかなか骨の折れそうな場所だ。

「唐揚げ唐揚げ唐揚げ……」

「アッ、アッ……が、がんばるましゅ……」

めげそうな千種のやる気をなんとか前向きにする。よしよし。

その昔俺を頑張ってこき使っていた人も、工夫を凝らしていたのかもしれないな……。

倒した木を無重力と蛸足で引きずり出して、俺が枝払いして玉切りする。千種が影に仕舞う。

これを倒した数だけ、繰り返していく。切り株を掘り起こして引っこ抜く。

そうやって拓いた土地に、伐採した丸太を積んでいく。枝払いで切り落とした枝を拾い集めたり、丸太を運んでいくのは、鬼族が二人ほど手伝ってくれた。

切った木はラスリューや鬼族の家となり、道具となり、財産になる予定だ。

俺がやったのと、同じように。

ということは、今回作っているのは、拠点や家ではなく、仲間だ。

悪い気分じゃない。

第六十六話　天龍の懐は

午前中いっぱいを使って、たくさんの材木置き場と開拓地を作っておいた。

近くには湖に流れ込む川もある土地なので、伐採さえできるなら川に丸太を流して運ぶこともできるかもしれない。

このまま川岸も開拓していって、用水路を作って田畑を耕すつもりなんだろう。

一応全員分のサンドイッチを作ってきたと言うと、鬼族と、アイレスも驚いていた。

「全部ボクの分じゃないの!?」

一五個も作ったのにそんなわけがない。

本体が巨大な龍なので、アイレスの腹にはいくらでも入る。かといって食べないと死ぬかと言えば、そうでもないという。

不思議だが、詳しくは聞いてない。そういうものなのだと受け止めている。

ちなみに、持ってきた数は適当だった。

俺が一つ。ミスティアと千種が二つ。鬼たちが一つずつで五つ。ラスリューと、アイレスが二つずつで四つ。マツカゼとハマカゼのために、一つずつ置いておいた。

ここまでで一四個。つまり、一つ余る。

「わーいボク食べよー」

「ぐぬぬ」

「こんなちっちゃいのならいくらでも入るもんねー！　入るからねー！」

だがそのアイレスの発言ではなくこれ見よがしな態度が、千種の逆鱗(げきりん)に触れた！

千種はお腹は満たされていたが、食べ物関係でマウントを取られるのは嫌いだった！

「あっはっはー、人間ざっこ！　ボク天龍だからいくらでも入るもん——ぶっ！」

これ見よがしに千種を嘲笑(あざわら)うアイレスの横っ面を、蛸足が叩いた。

「別に悔しくないし」

いやそうはならない(説得力)。

女子高生プラス四歳（偽）と天龍族の血族(数百歳)のする喧嘩ではない。

……俺も最近若さに任せてやっちゃうようなところあるし、精神って体に引っ張られるよな……。

ちょっと現実逃避した。


しかし、アイレスがぶっ叩かれても、ラスリューは無反応。

そういえばラスリューは最初こそ急いで駆け付けてきたものの、アイレスはその後は割と自由に動き回っている。

この引っ越し作業についても、アイレスの割り当ては無い。

見た感じではかなり放任主義に見える。

だからこんなに自由に育ったのかもしれない。

教育とかしなくて、いいんだろうか？

「おや、これはなかなかいけますね」

「サイネリア？」

目を離した隙に、大妖精（アークフェアリー）がいつの間にかそこにいた。サンドイッチを切り分けて、優雅にナイフとフォークで食べている。人間サイズで食べづらかったんだろう。

ところで、妖精のそばにあるナイフは見覚えがある。木製で刃先が無駄に鋭い。俺が作ったやつだ。

そういえば返してもらってなかった。平和利用だけに使ってると思いたい。


「あ、サイネリア！　それ、ボクのなんだけど？」

サンドイッチをもりもりと食べるサイネリアを指差して、アイレスが抗議した。

「たった今、優秀な妖精のものになりました。皆さん、これからお仕事だそうですね」

厳かにそう言ってから、サイネリアはどこからともなくジョッキを取り出した。

なみなみと注（つ）がれたビールを、可憐（かれん）な姿で一息に呷（あお）る。

「ぷっはー！　お仕事どうぞ頑張ってください。ふー、塩気の強いハムとさっぱり系のビールがよく合いますねぇ！」

やっぱりこいつ、邪悪な妖精じゃないだろうか？

「俺は別に、ビール飲みながら仕事しても怒らないけど」

「でもマスターは飲みませんよね？」

「まあ……誰か怪我した時に飲んでたら、これからずっと後悔しそうだからなぁ」

使ってる道具がすごくよく切れるし。

「マスターが飲まないのに、それを差し置いて飲める人はいません。——優秀な妖精を除いて。あはははは！　飲めない人を見ながら飲むお酒は美味しいですね！」

表情筋を動かさずに高笑いする妖精だった。


「ボクも飲めるが？　お仕事してないし」

アイレスは拠点に帰ってヒリィと遊んでるだけだ。

「だめです」

ぴしゃりとアイレスを止めたのは、意外にもラスリューだった。

「貴方はまだ飲める環境ではありません」

「ぶー」

「不服がありますか？」

「パパ様の言うとおりですぅ……」

ひと睨みで完全敗北するアイレス。さすが父（母？）である。

しかし、不思議な言い回しだ。環境？

俺の視線に気づいたラスリューが、眉を八の字にして困った顔をする。

「天龍族は神性の強いお酒をたくさん飲むと、ある一点でふり切れてしまうのです」

「どうかなるのか？」

「なにをされても起きないほど眠ってしまったり、三日三晩暴れて山を崩したり町を沈めたり」

大迷惑すぎる。

「押さえつけても、自分の体が壊れるほど暴れてしまうので」

「お酒禁止と」

「いろいろと準備が必要なのです。あ、私はもう飲めるようになりましたから」

天龍族の意外な話だった。数百歳でもアルコール禁止。

それに、ラスリューはちゃんと親として見守ってるようだ。許容範囲が広いだけで。

そんな親子が揃って引っ越してくるとは、よほどこの土地が気に入ったんだろうか？

「午後からも、がんばるかな」

「おやおや、優秀な妖精もサプライズを用意します。拠点の方で、マスターをお待ちしていますよ」

なんのことかと聞き返す前に、サイネリアは光に解けて消えた。ついでにサンドイッチも。

……また何かしたな、あいつ。

妖精がこういう挙動をする時は、人間の反応が見たい時だ。それがなんとなく分かってきた。

ちょっと不安だ。

第六十七話　侵略の果樹園

夕方ごろ、拠点に帰ってきた。

「ウカさんに切り株あげてきますねー」

と言った千種が菜園の方に向かってから、すぐ。

マツカゼが切羽詰まった様子で俺の前に飛んで来た。だが、いつものようなお出迎えではなさそうだった。獰猛な声で吠えてくる。

「どうした？」

まるで魔獣でも出てきた時のような様子。マツカゼは走りだした。

「なにか出たみたいね」

ミスティアがそう言って、マツカゼの後をついて行く。俺もその後を追った。

「うぎゃあぁー！!?」

千種の悲鳴が聞こえた。走る速度を上げる。

異常があったのは、果樹園だった。

ウカタマたちと植えた果樹のあった場所に、苗木ではなく巨樹がそびえ立っていた。

……俺の可愛いオレンジの木になにが!?

そこには、ウカタマが持ってきてくれた苗木を大事に植えたはず。

その木は、動いていた。風で揺られているとかではなく、困惑した様子で右に左に走るウカタマを、目で追うかのように、ギシギシと音を立てて向きを変えて、振り返っている。

なんだあれ。

近づくと、どう見ても樹木にしか見えなかったその姿の中に、人のような形が幹にあることに気づく。

森の中で見たら多分、シミュラクラ現象だと思った。よく言う、点が三つあったら顔に見えるというあれ。

人形に見える大根や人参（にんじん）と同じように、女性のような形をした立木だと思っただろう。

だが、それが動いているとなると、話は別である。

ちょっと不気味ですらある。

「小妖精（ピクシー）が周りにいるわね……」

「あ、本当だ」

ミスティアの指摘で気づく。

木々の周りには、翅を持つ光の塊・ピクシーがたくさんふよふよと浮いている。となれば、

「さてはこれ、妖精（サイネリア）の仕業か……？」

「よくぞ見破りました。流石（さすが）はマスター」

動く巨木の枝に、足を組んで腰掛けているサイネリアを発見した。

「たすけてください……」

無数の木の枝に絡め取られている千種の姿も、そこにある。

「これぞ妖精族の暗黒巨大要塞です。この土地の全ての樹木を支配し、妖精郷(ティル・ナ・ノーグ)を作るのです！」

はははは、と謎のオーラを放ちながら高らかに宣言するサイネリア。

俺は呆れて言った。

「嘘(うそ)だろ」

「はい」

大妖精は秒で認めた。

「半日ほどかけて召喚に成功した、森精霊のドリュアデスです。ハープを弾き続けて導きましたが、相変わらずトロくさい奴です。疲れましたよ」

最初からそう言ってくれ。さっきの茶番はなんなんだ。

「精霊召喚の儀式を途中でサボって、村にお酒飲みに来てたんだ……？」

ミスティアが呆れたように見ている。異常を知らせたマツカゼと、見張っていたハマカゼを労うように撫でながら。

「うぅぅ……たすけて、ください……」

そして、異常に襲われた千種が人知れず泣いていた。

「……千種を下ろしてやってくれないか？」

縛り上げられて吊るされる女子高生は、涙目でそうだそうだと訴えている。

なんでそんなことになってるんだ。

「ふむ、もう少しこちらに寄ってください。ドリュアデスは男性が近寄ると、姿を現すので」

サイネリアに妙なことを言われる。

「このくらいか？」

ちょっと嫌だったが木に近寄ると、樹木に動きがあった。樹木なのに動かないでほしいけど。

パキパキと音を立てて、シミュラクラ現象してた幹が下りてくる。七割くらいはまだ植物な感じだが、木の幹よりは人に近づいた形で、べきべきと巨樹から離れて下り立った。

じっと俺の様子をうかがっている。

「ど、どうも？」

話しかけてみるが、手を振るだけ。

しかしこの雰囲気は、どことなくウカタマやムスビに似ている。

……もしかして、喋れない？

意思疎通ができないから喋らないのではなく、そういう生態をしてないだけとかだ。

「千種を下ろしてもらえないか？」

そう提案してみると、無言で逆の手を上げた。メキメキメキ——と、音を立てて千種を捕まえていた枝が蠢き、解放される。

俺の上で。

「にゃる……」

「おつかれ」

落ちてきた千種をキャッチして、リリース。遅れて発動した無重力魔法の力で、女子高生魔法使いはふわふわと力無く離れていった。

「ところで、ここに植えた俺の果樹はどうしたんだ？」

俺が訊ねると、ドリュアデスは無言で両手を合わせてぺこりとお辞儀した。

そしてお腹をくるくるとさする。

……食べられた!?

「正確には捧げたのです。なにしろ珍しい精霊なので、依り代が必要でして」

「お前のせいか……」

何でもない事のように言いながら飛んでくるサイネリア。

実を付けるまで、世話する気満々だったのになんてことを。

ちょっと落ち込んでいる俺を見て、ドリュアデスが自分の胸を叩いた。そして、手を差し出す。

緑の手のひらの上で、ざわざわと枝葉が蠢き始めた。

やがてそこに花が咲いて、同時に一つの果実を作り出す。

俺に差し出してくる。

「どうも……？」

受け取った果実には、見覚えがあった。ウカタマたちと一緒に食べたのとそっくりだ。

「……もしかして」

「接ぎ木のようなものでしょうか。マスターが手ずから植えた果樹にドリュアデスが宿り、樹木が精霊のものに上書きされても、混じり合わさったと」

ドリュアデスが後ろに下がった。樹木から枝が伸びて連結し、人型をしていたドリュアデスが、住処の幹へと戻っていく。

そして、あとは普通の樹木と同じように、そこで佇立(ちょりつ)するのみだった。

……不気味かと思ってたけど、俺が植えた木が育って、ウカタマみたいな精霊獣っぽいものになったと思えば。

許そう。

「まあ、来ちゃったものはしょうがないか。人間とは仲良くできるか？」

ざわざわと枝が揺れた。肯定だと思う。

「で、サイネリアはなんでこんなことを？」

そもそも主犯といえばこちらである。

サイネリアを問い質すと、人外の光を宿す金色の瞳が俺を見上げた。

「乳が欲しいと言っていたので。ドリュアデスなら、それくらいはたやすいかと」

「……いやこれ、木だけど。乳？」

俺が欲しいと言ったのは牛乳なんだが、それがなぜ樹木の精霊を呼ぶことにつながるんだ。

不思議に思う俺に、サイネリアは肩をすくめて首を横に振る。おまけに小妖精(ピクシー)を横目で見てため息を吐いて嘲笑う。

おいおい、これだから人間は困っちゃうよねー、みたいな動きをするのはやめろ。

「まったく、しようがないですね。見ていてください、マスター」

大妖精が飛んだ。すいっとドリュアデスの枝まで飛び上がり、そこに生(な)っていた実をぶちりともぎ取る。

ドラクエのスライムみたいな形をしたその実を、俺に差し出した。

「まだ少し早いですが、上の細いところを切ってみてください」

言われたとおりにしてみる。すると、意外な音がした。

水音だ。

果実の中から、チャプチャプと液体の揺れる音がする。

だが、水のように軽くない。とぷん、と少しだけ重みを感じる。

切ったところから穴を開けてやり、手に垂らした。白い液体がこぼれ落ちる。

「植物性ミルク、か？」

「お目が高い」

ココナッツミルクや豆乳。植物にも脂肪を含むものはあるけど、胚乳(はいにゅう)を砕いて搾ったりしないと作れないはずなんだが。

試しに味見してみると、

「うーん……牛乳より、少し薄いような……？　でも、ミルクだな、本当に」

驚くべきことに、脂肪分を感じる。でも、植物性だからか、後味は少し軽い。

「ふむ……味や成分の調整ということなら、お肉をここの土に埋めれば、濃くなることでしょう」

「……植物として、それはどうなんだ？」

肉を食べようとしていないかなそれ。桜の木の下に死体を埋めるような話で、少し怖い。

しかし、背に腹は代えられないのも事実。この場合は、水で乳には代えられないとでも言うべきか。

「これでおやつが作れますね？　作りましょうね？」

パン種から生まれた小妖精(ピクシー)と、半日かけてもドリュアデスを召喚したサイネリアが、シャドウボクシングしながら期待のまなざしを浴びせてくる。

ここまで求められては、仕方が無い。

「動物の内臓とか脂なら、ウカタマが肥料にしてくれてるけど……」

俺はそう提案する。ドリュアデスの根元に、魔獣の残渣(ざんさ)から作る肥料を重点的に配分するのだ。

「ふむ、それでやれますか？　……やれるそうです」

サイネリアがドリュアデスに確認を取った。

やれるなら、ぜひともミルクは欲しい。

「じゃあ、ここには多めにするよう頼んでおくよ」

土作りは相変わらずウカタマ頼りだ。


「よろしく頼むぞ、ドリュアデス」

そう言っておく。

木の顔がゆっくりとうなずいた。

果樹というのは、ほったらかしでも割と育って、実が採れるのが利点だ。だがその分、異変に気づくのが難しい。

こうして自己主張してくれるなら、育成が簡単でいい。

そう思うことにした。

「ミルクが、果樹園から採れるようになるとはな……」

「ドリュアデスには、美少年を誑かすという特技があります。樹の中に閉じ込めて、飼ってしまう。人間は、その実を食べるだけで生きられるそうです。美少年を飼う実――それはミルクに他なりません」

なぜそうなる。サイネリアは相変わらずうろんなことを自信満々に言ってくれる。

しかし、美少年を誑かすって……。

「……やるなよ？」

一応釘を刺しておくと、樹木がびくりと揺れた気がした。

さっき許したのは、果たして正解だったのだろうか。

「人間が攻めてきたら、妖精はここで戦いましょう」

サイネリアは、不穏なことをつぶやいた。ピクシーたちが、その光を明滅させながら、ドリュアデスの巨木を中心に漂う。

確かに、小さな彼らにとっては巨大要塞みたいなものかもしれない。

……これ、妖精に侵略されてないだろうか。

気をつけよう。

第六十八話　鬼族のパワー

しばらく、ラスリューの村を拓くことに奮闘した。

朝起きてヒナと一緒にご飯を作り続けていたら、彼女はどんどん上達してくれたので、一人でも全員分の簡単なご飯を作ってくれる。

それは人間のものだけじゃない。ムスビやウカタマ、マツカゼにハマカゼ、それにヒリィ。全員で手分けして用意していたものを、全部一人でやってくれる。

ということで、拠点での雑務はだいぶ減った。その分はラスリューの村で、開拓が早くなることにもつながる。

ざっと一時間ぐらいは早く行けるし、遅く帰っても大丈夫になる。

そして、一度教えた料理の味を繊細に再現して、もっと美味しくできないかという相談もさせてくれるほど、味覚も嗅覚も鋭い。すごい。

「天才だったか……」

俺が感慨深く言うと、ヒナが慌てふためいた。

「天才ではない、です」

恥ずかしげにしている。

思っていた以上に働き者だった。

ラスリューが最初にヒナを拠点に置いていったのは、こういうことなんだろう。

最初こそあれこれ教えながらだったのに、どんどん負担が軽くなっていく。もうずっといてくれないだろうか……とか思っていた時に、

「そうそう、ヒナのことは、これからずっと総次郎殿の奉公人としてしまっても良いのですけれど……」

などとラスリューに言われてしまった。

その提案を、断れるわけもなく、俺にはうなずく以外の選択肢がなかった。

このタイミングを狙われていたに違いない。

ラスリューの村づくりを手伝う理由が増えた。


というわけで、俺もヒナに負けないように、せっせと働いていく。

鬼族の四二人。全員が湖畔で寝泊まりできる程度の広さまで森を伐採し、平らな土地を広げていく。まだラスリューの領地で暮らすお世話係四人は、最後にラスリューと一緒に来る予定だとか。

鬼たちは到着したばかりではテントを使い、次に小屋を建てて寝泊まりの場所を作っていた。

あらかた伐採が終わったところで、今度は製材の仕事が回ってくる。

切り出した木材に、鬼族が寸法を測って墨をつけていく。俺はその印どおりに刻んでいくだけだ。

柱・壁・床・扉・窓・屋根。建築用の部材は、形からなんとなく分かる。それに木槌（きづち）など、木で

作れる工作道具も。ところどころで『固定』して、サービスしておいたりする。

しかし、歯車や機械部品ぽいものはなんなんだろう。

なんて思いつつも言われるがままに作っていたら、鬼族はできあがった部品を持ち前のパワーと体力で、素早く運び、組み立てていく。

それらを組み立てて最初に作られたのは、製材所だった。

驚くべきことに、川に水車を作って大きな金鋸を動かしている。


「変わった色合いの金鋸ですね……。綺麗だし、輝いて見える」

しかし、見事な金鋸だ。表面に浮いた赤い紋様が、揺らめいて見える。これで刀なら、すごく見栄えが良かっただろうに。

「お目が高い！　昔、これで私の首を狙ってきた人間からもらった物です。二〇〇年くらい前に、鍛冶師に頼んで作り直してもらったんですよ」

ラスリューが言ったことには、思わず苦笑い。

それは〝もらった〟のが事実だとしても、穏便に譲り受けたわけではなさそうだ。

「ヒヒイロカネでできた金鋸ですな。これならばこの森の木にも負けませぬ」

ゼンからそんな説明をされた。

ともあれ、これで角材や板材は鬼たちの手で作れるようになった。たぶん、セデクさんやドラロさんがやりたかったのは、これだったんだろう。

「けど、よくこんなのできあがったな」

「慣れればこれくらいは、頭の中で組み立てられますから。それよりも、寸分の狂いも無く全ての部品が噛み合わさったことこそ、私には神業としか思えません」

そう言って、全ての設計図をラスリューが描いていた。墨をつけるのは鬼だが、それを設計するのはラスリューである。

「ラスリューがこんなに綺麗な設計図が描けるのもすごいけどな……そういうことするようには見えなかったのに」

とても几帳面(きちょうめん)に部材の設計が描かれた帳面を見て、俺は唸るしかない。

「意外ですか？」

「正直に言うと、かなり」

「この世界では、たまに人間もやっていますよ。頭が良く、生活に余裕もある貴族が、研究や開発をしているんです」

それは貴族くらい余裕があるやつなら、研究や開発に没頭できるということなのでは？

そこまで考えて、俺は気づいた。

ラスリューは金銭や体だけでなく、寿命まで余裕がある。

なるほど。としか言えない。

「総次郎殿には、寸分違(たが)わず狂い無く設計どおりに刻んでいただけますので、そちらの方が私には驚きです。墨の多少のズレもあるでしょうに」

「それはまあ、神器というやつだから」

〈クラフトギア〉の力が、微調整を含めて設計通りの寸法を迷い無く刻んでくれる。

ともあれ、そんなプレカット工法（人力《神》）で、たまに石材や鉄や魔物の素材などもカット依頼がくる。俺はもうなんでもカットするマシーンをすることにした。

人が重機でも使わないと運べない大きさの丸太や部品を、鬼族はひょいと肩に担いで持っていく。そして組み立てもそのパワーで素早くこなす。

俺は部品の嚙み合わせだけ注意しながら、神樹をどんどん部材として切り出していった。

引っ越し計画はそうやって、順調に進んでいった。

いつの間にか、ウカタマもこの村に来ていた。鬼族の畑を耕すのを手伝っていて、感謝されていたりする。

ウカタマは鬼から玄米をもらってポリポリといくらか食べると、その場で土をいじいじした。しばらく土を掘ったりどこかへ行ったりしてたが、ミスティアいわくあれは土を調整中とのこと。

そして今や、ウカタマは猛烈な勢いで田んぼを作っていた。

さすが、うちの整地と治水工事を全て一手に引き受ける、ウカタマ親方である。鍬やつるはしで地面を掘り返す鬼たちはパワーに満《み》ち溢《あふ》れているが、ウカタマはさらに早い。

「……俺の出番って、あるだろうか？」

米が欲しくて——というか、稲作がしたくて引き受けた仕事だが、ウカタマにかかれば俺はあまりに無力だ。

せいぜい硬い岩盤を砕く時でもないと、役に立てなさそう。

精霊獣が強すぎるだけかもしれないけれど。

「どっしり構えていればいいんじゃない？　森を伐り拓いて木材加工もして、それ以上出番があっても困るもの」

ミスティアにはそんな風に言われてしまう。

「うーん、でも、ウカタマがあんなに張り切ってるのに、俺が何もしないのも……」

「ソウジロウがやることは、他にもあるんだから。それをやっててよ」

それはそうなんだけど。

「もっと喜んであげるだけでいいと思うわよ？　ウカタマの気合の入り方は、きっと、ソウジロウがお米を作りたいって言ってたから、なんだから」

「……そうなのかな？」

「精霊獣は、ソウジロウが神域を作ってくれたおかげで、生き生き動けるところができてるのよ。なんでも自分でやらないで、少しくらいお役に立たせてあげてよ」

十分役に立ってるし、俺も言うほど、何でもかんでもは、やってないつもりだったけれど。

「……まあ、そうかもな」

俺も木を伐って、仲間を作ることを喜んでいた。

畑や田んぼを耕すことで、ウカタマも同じ気持ちを味わっているかもしれない。

それは素直に喜んであげるのが、一番嬉しい反応だろう。少なくとも俺はそうだ。


「ミスティアは賢いな」

「エルフですから」

つんと胸をそらして、そんなことを言われてしまった。

うちのエルフが狩り(暴力)担当だから、エルフは賢いという伝承をど忘れしそうになる。気をつけよう。

第六十九話　女子高生を動かすもの

　さて、ラスリューの村でやっている建設作業も、そろそろ佳境だ。様々な部材ができて、いよいよもって組み立てないといけない。

　鬼族のパワーも体力も人間とはまるで違って、大きな丸太をレゴブロックみたいに持って行く。とても頼もしいその姿によって、組立作業は大半のところを彼らだけで素早く行っていった。

　しかし、どうしても鬼族だけでは無理が出てきた重要な建物がある。村で一番大きく立派な建物。ラスリューの館である。

　というわけで俺もそれを手伝うことにした。〈クラフトギア〉を持っているのに、彼らばっかりに働かせては申し訳ないと思っていた。

　大いなる力には大いなる責任が伴う。頼られるのは信頼の証。言うなれば運命共同体。互いに頼り、互いに庇い合い、互いに助け合う。袖すり合うも、他生の縁。だからこそ森で生きられる。人類皆兄弟。ワンフォーオールオールフォーワン。

「嘘　を　言　う　な！」

「説得失敗か……」

暗い森の隅で妖しくぬめ光るなにかを覗かせながら蠢く闇を纏ったまま、千種が動いてくれなかった。

「しっ、知らない誰かと一緒に働かなくても良いって、言ってたじゃないですか！」

「うん」

「騙したんですね！」

こういう予想はしてた。それを言わなかったのは騙したことになるだろうか。

なると思う。

「でもほら、今日までは、割とそのとおりだっただろ？　嘘ではなかったんだ。ただ——最後まで、それでいいとは、言っていなかっただけで」

「そっ、そんな詭弁で騙されるのは、真面目な人だけですから。私は絶対働かないですから！」

俺の言葉に千種は蛸足でびったんびったん地面を叩き回して主張する。ええい迷惑な。

「千種。ちょっとだけ顔を見て話そう」

「…………いやです」

「ちょっとだけだから。ちょっと聞いてくれよ。俺だって、千種の欲しいご飯ずっと作ってあげただろ？」

「うぅ、はい……」

千種を隠す闇が薄くなる。おそるおそるといった様子で、顔を見せてくれた女子高生に、俺は思案顔をする。

「本当は千種だって、うすうすは思ってただろ？　鬼の人と、仲良くしたいって」

「えっ？　えっと……」

思ってないですけど。それは言わせない。

「だってヒナが作ってくれる料理は、どんどん美味しくなってるじゃないか。これから鬼族が畑も田んぼも作っていくんだから、彼らはみんな、美味しいものを作ってくれる人たちだぞ？」

「あっ、あ……」

「そんな人たちとは、仲良くした方がいいよな？」

「あ、はい……」

押し切った。一度だけでも〝はい〟と言わせたら、あとは流れだ。

「でも千種は人見知りするから、トークをするのは苦手だと思う。……だけど、一緒に働いたら、きっとみんな認めてくれる。会話が少なくても、仲良くなれるんだ。今だけ、千種が簡単に鬼族と仲良くなれるチャンスタイムだ」

熱くそう語ると、千種は少し考えて、

「それは……私のトーク力が絶望的、ってコト……？」

「千種の能力が超有能、ってことだ」

やるやらないの話じゃなく、うまくいくかどうかという話になってきた。

いい感じだ。

「いくらなんでも、あの大きさの建物を素早く建てようと思ったら、俺と千種が手伝わないと、大変だ。このままだと田植えができなくて、来年は米無しかも……」

「ううぅ……」

千種が苦しんでいる！


「少しだけ、やってみてくれないか？　無理だったらすぐにやめていいから。それならいいだろ？」

「あっ、でも、でもお米……」

「大丈夫だよ。アイレスの友達だからって、鬼族たちもすごく丁重にしてくれるから」

「あっ、友達じゃないです」

そこ否定するんだ……。

もう仕方ない。最後の手段だ。

「頼む！　千種にしかできないことだから、どうしても千種が必要なんだ！」

「えぇぇ……」

動揺している。よし。

「闇魔法なんて才能を持っているのは千種しかいない！」

「えっと……」

「俺もできるだけフォローする。千種のことを信頼してるから、こんなこと言えるんだ。もう鬼族たちが待ってるし、ほら、行こうな？」

「あっ、はい……」

というわけで、最終的にうなずいてもらった。

「うぅ……わたし、押されると断り切れない……」

とぼとぼと手を引かれて歩く千種。すごく乗り気じゃなさそうなところに、最後はやる気を出してもらう後押しをしよう。

「ところで話は変わるけど、ドリュアデスのミルクで、ヒナと一緒にいろいろと試行錯誤中なんだ」

「あっ、はい」

なぜそんな話が唐突に。みたいな顔をする千種。

「どうしても成功させたいものがあって……ドリュアデスにも注文をつけて、どうにかなったよ」

「はあ……なにか成功したんですか？」

うろんげな顔をする千種に、俺は告げた。

「生クリーム」

びくん、と力無く垂れていた千種の手が反応する。

「なま……」

ぷるぷると震え出す女子高生の手。それはそうだろう。

絶対にこれは食いつくと思ってた。俺も。

「生クリーム。泡立て器がなかったから、〈クラフトギア〉で樹皮の形を整えて作ったんだよ。一本一本丁寧に骨を作った、ホイッパーでシャカシャカ泡立てられるようにな」

俺が経験した苦労を語ってみるが、千種はそんなことなど興味無いとばかりに、

「それが、成功した……って言いましたよね？　本当に？」

そこだけ訊いてくる。まあそうだろうけど。

仕方ないので、本題だけ話す。

「ああ、なんとか形にはなったよ。あんなに砂糖入れるもんだとはね」

お菓子作りはたしか義務教育の時にやったかな？　くらいしか記憶になかった。

ヒナは味覚が鋭いが、初めて食べる時に美味しさの基準にするのは、俺の舌だ。

四苦八苦しながら、生クリームらしいものを作りあげた時には、失敗作が入ったボウルが十個はあったと思う。

「少し材料が足りなかったけど、それでも……できたよ。生クリームをたっぷり使った、アレが」

「アレって、まさか……！」

千種がごくりと喉を鳴らす。

「ふわふわと軽くて甘い生地に、生クリームを載せて。果実もたっぷり飾り付けて。その見た目はどう見ても――」

ぐぎぎ、とだんだん力がこもっていく千種の反応に気を良くしながら、最後に言う。

「――この世界で初めて見る〝スイーツ〟だったな。パンケーキっていう」

「あああああっ！　ずるい、それはずるい！」


千種が叫んだ。

そして、俺の手を握り返してぐんと引っ張る。前後が逆転して、俺の方が女子高生に引っ張られる形になった。

「さぁーっさとやります！　その後に！　なんですよね!?」

勢いが良い。

「その後でなら、スイーツを食べていい。エルフ（ミスティア）のハーブティーもある」

「チクショウ乗せられてやるー！」

よし、給油完了した。

今日も一日ご安全に。

第七十話　新築祝いの贈り物

千種と鬼族が揃えば、手が足りないということは起きない。

建設作業は、もちろんいくつかトラブルがありながらも、すごい勢いで進んだ。

俺が『固定』して作る足場は、通常の何倍も早く作れる。なにしろ何もない空中にぴたりと浮かぶ支柱を、蹴っても叩いても動かないようにできる。

鬼族が作業できる足場を素早く作り、そして、千種が空中に浮かせた部材から、必要な物を必要な場所に寄せるだけで、そのまま鬼族は無重力状態で部材を組み上げて建前をしてしまえるのだ。

大きな屋敷にもかかわらず、ものすごい速さで作業は進んでいった。


そしてついに完成した天龍の家は、そこそこ大きな館だった。予想はしていたが、

「和風のお館だなぁ……」

「ですねー」

千種と一緒にそれを見上げて、なんとなく顔を見合わせた。

指を差して、同時に言う。

「懐かしい」「珍しい」

意見は一致しなかった。まあ予想どおり。

「都会育ちはこれだから」

「田舎生まれはひがみっぽいですね……」

へっ、と罵り合う。現場仕事で振り回したので、千種もだいぶ頑丈になってきた。

ともあれ、こうなってくると、

「……拠点でアレを量産するために、千種をこき使った甲斐があったよ」

このお館ができあがる頃合いに間に合うように作っていたものがある。

千種の協力が不可欠だったけど、なんとか説得して作ったのだ。

「あれはもう、機械っていうかエンジンですよエンジン。ぐるぐるーって、永遠に」

千種は文句たらたらだったが、オイル漏れみたいなものだ。

問題ない。

「落成式みたいなことをやるそうだから、アレはその時にお披露目かな」

「らくせいしき……？」

「新築と村開きのお祝いだよ。宴会かな」

「あっ、なに食べれますか？」

すかさず訊くのがそれ？

いやまあ、一理あるかもしれない。

「確かに、ただ渡すだけっていうのも、芸が無いか……」

さて、どうするか。

▼

ついにお館が完成した。ボクは走り出したくなるほど嬉しかった。

「やったーーーー！！！！」

だから走った。ついでに叫んだ。

アイレス様ー!?とか鬼の誰かが叫んでるけど、ボクはぶっちぎってパパ様のところに行った。

「ねえねえパパ様！　お館完成したよね！」

「しましたね」

うなずくパパ様。

だとしたら、もう、

「じゃあボク――ソウくんの子ども産んでいいんだよね!?」

あとはソウくんの子を産むだけだよね！

海魔がぶっ飛ばされたあの時に、ボクはそういう気持ちになった。

だからパパ様に相談して、

「ボク、ソウくんの子ども産む！」

って宣言した。でも止められた。

パパ様は、本気で止めるときは力ずくでやる。なぜかというと、天龍族は過去に何度も失敗をしている。そのたびに他種族を大虐殺したり、天変地異を起こしたりして、本人も死んだ。

そういう禁忌がいくつもある。

『ですが、そういうことなら一計を案じましょう。まずは産んだ後の環境を整えてから、貴方に準備ができるのを待ちます』

そう言ってからパパ様は、すぐにこっちへの引っ越しを決めた。

ソウくんに協力してもらって、鬼族と共に神樹の森に住処の移転を始める。

そして、今日それは終わった。


なのにまだ今日も、パパ様は本気で止める顔で言った。

「まだ貴方には、準備ができていません」

「ダメなの？　ソウくんの子供だよ？」

「いずれは産むことになってもよろしいですよ」

ということは、今はダメということで。

「そんなー」

ボクはおもくそ崩れ落ちた。なんでー？

「産んでくる！」

「まだダメです」

「産まれちゃう！」

「産まれません」

パパ様は無慈悲だった。


ボクとパパ様は最後まで残っていた鬼族と共に引っ越しを終えて、開村の日になった。

要するにみんなで食べて飲んで踊って祝うわけだ。

「それではこの地を『新天村(しんてんむら)』と名付けます。みな、励むように」

パパ様が宣言すると、鬼族がわあっと歓声を上げて酒杯を飲み干した。

ボクは果実水をちびちび飲んで座ってる。そうするしかないから。

……いつ産めるんだよー。

拗ねてやる。

とかやってるうちに、いきなり周囲が静まった。

なにかと思えば、祝宴に招かれてパパ様と座っていたソウくんが、立ち上がってみんなに語りかけていた。

「実は、鬼族の皆さんに引っ越し祝いを持ってきました」

パパ様が表面上は冷静に手を一振りすると、鬼族が全員正座した。

……あっはは、パパ様焦ってるじゃん。ソウくんはさすがだなぁ。

大慌てになってるのが、ボクには分かる。

「お祝いというのは……？」

「こういう時の定番で、お寿司を作ってきたんです。あと全員分のお箸を作っておいたので、良ければ使ってください。配っていいですか？」

チグサから、大きなお盆を受け取って立ち上がるソウくん。

「だ、大丈夫ですやりますので！」

ヒナが飛び出してきて、それを受け取った。

「全員分あるので、一人一つずつで」

と言って配られたのは、綺麗な漆のお椀とお箸だった。


中には、ご飯の料理が入っていた。

小さな花みたいだ。白いご飯の上に、赤身と白身の魚が花びらのように鎮座してる。

「総次郎殿、これは……？」

「カップ寿司です。まあ、ちらし寿司と海鮮丼の中間くらいのもので」

みんなが可愛いお寿司に感心して、その言葉に聞き入っていた。

「この森の川魚とエビの身、あと海の魚で作ったカップ寿司です。お椀とお箸は森の木で作りました。引っ越し祝いなので、食器ごと、もらってもらえればと」

「あ、ありがたく頂戴いたします……！」

ゼンが平伏（ひれふ）してる。鬼族が次々と倣った。

うわあ、すごい。

神樹の森で採れた漆と神代樹の食器かー。見るも艶やかで、手に馴染む逸品。

神代樹を削り出して作った、のかな？　ぐるぐる回しながら神器を当てたみたい。

塗られてるのは、漆だ。茶色の地味な色合いのものだけど、手触りが滑らかすぎる。たぶん、ドリュアデスに漆の木を食べさせて、あの森精樹に調整させたんだと思う。

パパ様が会食に使ってもいいような、稀少品の塊だ。

末端の鬼にあげちゃっていいものじゃないよね、普通。みんなびっくりしてるじゃん。

でも、神璽（レガリア）の手ずから作られた食器と料理を本人から渡されては、畏（おそ）れながらも口をつけざるをえない。そんな様子だ。

ボクも当然いただきます。

「んー！　すごい！　なんにもついてない魚に、味がついてる!?」

拗ねてたのを忘れるくらい、美味しかった。なんだろうこれ!?

「うまい……」「こ、こんな味が、この世にあるのか……!?」

鬼族たちはざわついていた。ソウくんの料理を初めて食べる鬼もいるから、もう小さい悲鳴すら聞こえる。

「白身を昆布締めしたんだ。シンプルだけど、美味くなるだろ」

びっくりしてるボクに、ソウくんが笑顔で説明してくれる。

あはー。なに言ってるかわかんないけど、すきー。


「ラスリューとアイレスには、もう一つ特別にこれを。新築祝いです」

差し出されたのは、真っ白な神代樹でできた箱だった。

ボクとパパ様は、揃って受け取ったそれを、よいしょと開けてみる。すると、

「わあー、綺麗！」

「美しい……」

モスシルクが敷かれた箱の中に、キラキラと輝くグラスが入っていた。

手に取って光にかざしてみると、刻まれた模様が神秘的な光の輝きを生み出して、角度を変えるたびに煌(きら)めきが模様の表情を変える。

「模様は切子(きりこ)細工をして刻んだんだ。お皿もグラスも作るのに旋盤を使いたかったから、千種にエンジン(動力源)になってもらったんだよ。それが一番大変だった」

「もうやだあれ。今度は水車作ってもらってよろしく」

野暮な文句が飛んでくる。

「へえー……でもこれ、硝子(ガラス)じゃないよね？」

なんとなくそう感じて、しげしげ見つめてしまう。

「アイレスと一緒に討伐した海魔の魔石だよ。ミスティアがなんか圧縮？してくれて、すごく透明

度が高い結晶になった」

「あの特大の魔石を、グラスに使っちゃったの!?」

「ははあ……どうりで、こんなにも不思議な波動を持っているのですね……」

パパ様が感動してる。なにげに貴重な顔だ。


「一緒に討伐したなんて、ボクは、ただ……運んだだけなのに」

ちょっとやな感じする。ボクはあの時、ソウくんを置いて痛い目見せようとしただけで……。

「そのおかげで、人助けができた。立派な記念だ。アイレスと、初めてのお出かけの思い出だろ。

ご近所付き合いの記念品には、ちょうどいい」

「は、初めてだなんて……」

そんな風に言われると、なんだかむずむずしちゃうじゃないか？

「これほどのもので、食器を作られるとは……」

「神代樹ならば世界一の軍船すら作れるもの。それをわざわざ食器に……」

「これは御璽(みしるし)を秘されておられるのでは……？」

「我らの米とこの森の産物でできた料理……しかるに、融和と豊穣(ほうじょう)を示唆されておるのやも……」

「御意に従おう」「おうよ」「無論だ」

鬼族たちは、美味しさにむせび泣きながらも、ソウくんの意をそんなふうに汲(く)み取(と)っていた。

……なるほどなぁ。

こうやってソウくんがお祝いしてくれるだけで、みんなが心を動かされてしまう。

それは料理一つとっても、ボクの知らないソウくんの時間が込められてるわけで。

ソウくんはすき。

……ボクはいっつも驚かされてるから、たぶん、ソウくんのこと、なんにも知らないんだよね。

でも、もっといっぱいソウくんを知っていくのも、それはそれで楽しいかもしれない。

早く産みたい！だけが頭にあったけど、

……もうちょっと、いろいろ知ってからでも、いいかも。

小さなお寿司とグラスに込められた手間暇とソウくんの愛が、ボクの気持ちをちょっと変えてしまった。

やだなー、もー、罪な人間なんだから。

「良い仕事してますねぇ……総次郎殿……？」

ボクよりうっとりしてる人がいる。

「パパ様？　なんかおかしくない？」

「そんなことはありませんよ」

ほんとに？　ほんとだよね？

その後、新天村の祝宴は、大盛況に賑(にぎ)わった。

第七十一話　お部屋訪問

「そろそろ、三人でもお住まいできる家を建てられてはどうですか？　村の作業のお礼に、新天村の総力を挙げてお手伝いいたしますよ」

無事にご近所さんになったラスリューが、ヒリィを膝に置いて顎を撫で回しながらそんなことを言った。

「ヒナに十分助けられてるけど……」

「ヒナだけに村の全ての恩を背負わせるのは、酷な話ではないですか。ここで断られては、私の面目が立ちません」

あー、これは最初から選択肢が無いやつ。まあ、その状況にしたのは俺なので、仕方がない。

断るにしても、絶対になにかを引き換えにしないといけない。

しかし、いま特にやってもらいたいことというのは、あまりない。

「うーん……そうだ。村で飼ってる鳥なんですが、二、三羽譲ってもらえませんか？」

「もちろんです。お望みいただけるだけ、持ってこさせます」

「二、三羽でいいので……」

新天村には、卵が普及していた。鶏卵より一回り大きいが、食べてみると鶏卵より少し濃厚な味わいをした、旨味の強い卵である。

それを産んでるのが、話に出た鳥だ。

バジリスクというらしい。

全身真っ白な体毛をしていて、嘴が黒い。そして尾は爬虫類のものが生えている。歩く姿は真っ白で丸いハトのようだが、群れる習性があるのか三羽ぐらいまとまって、家の壁際にぴったりとうずくまっている時がある。その時の姿はまんじゅう。完璧に球体をした、もこもこの白い饅頭。あるいは団子三兄弟。


めちゃくちゃ名前負けしていた。

しかし、逃げ出したりはしないし、群れでまとまって動いている、扱いやすそうなやつだ。

気になって鬼族に聞いてみたら、あれは村の中を歩き回って虫やトカゲを食べているそうだ。頑丈な小屋を作っておけば、暗くなる前にそこに戻っていくらしい。そこに玄米とか野菜くずとか置いておけば、けっこう簡単に飼えるらしい。

あとは、産卵用に柔らかい干し草とかを敷き詰めた小部屋を設けてやれば、そこで卵を産みつけると。

かつて農家の庭で放し飼いにされていた、鶏みたいな扱いだ。肉も食べられるし美味しいという。

しかも見た目がだいぶ丸い。愛でてヨシ、食べてヨシ。とのこと。

飼いやすい鳥ならば、こちらの拠点でも放し飼いにしてやりたい。

そういうことで、お礼としてはありがたいのでラスリューにお願いしてみた。

「それでは四羽ほどおすそ分けいたしますよ。全てメスにしておきますので、増やしたくなったらまた言っていただければ」

「助かるよ。ありがとう」

これでお礼の話は終わった。

「ですが、それとはまた話が別です。きちんとお礼をさせていただかなくては」

と思ったのは俺だけだったらしい。

「そのような些末(さまつ)なものでご恩返しに足りるわけもありません」

「ふーむ……」

しかし、それならもう特に思いつかない。

となるとラスリューの提案どおりに家を建てるしかなくなる。のだが、

「なんだかやけに乗り気というか……建てたがってないか？」

俺の家なんて、今のワンルームのキャビンでも平気なんだが。

そう思ってラスリューに訊ねると、彼は真剣な顔つきになった。

「総次郎殿が大変にご立派なお心を持たれていて、とても深いお考えがあると思うのですが――」

いや無いけど。

「――貢ぎたいのです」

「んん？」

妙なことを言われた。

「お分かりいただけますか？」

「いや、ちょっと分からない……」

素直に答えると、ラスリューが身を乗り出してきた。

「村の者たちもですが、私もです。たとえばこれから収穫する米や、偶然見つけた珍しい品や、先ほどお話ししたバジリスクも。質素で小さくまとまった生活をされている総次郎殿にお渡しすると、却って負担になるのでは、と恐々としてしまいます」

「それは分かる」

お礼として生きた鶏を渡そうにも、鶏小屋も持ってないので、作ってもらわないと渡すこともできない。肉や卵だけにしておくべきか、と一考する。

たとえ相手が欲しがっていそうでも、だ。

「しかし、大きな家をお持ちいただければ、何をお渡しするにもまず置いておける余裕が総次郎殿に生まれます。ですので、我々も貢ぎ物を献上しても良いのだと思えるのです」

熱っぽい目で、ラスリューはそう語った。

ううむ、なるほど確かに。

たとえば、俺がまた以前捕まえたようなでっかい魔獣を偶然にも獲ったとして、ラスリューに持っていくのは躊躇いが無い。

食べる人がいっぱいいるし、ラスリューの屋敷ほど大きいなら邪魔にならないからだ。

しかし、俺が同じことをされたら保管場所を新しく作ることになる。

ふむ。

それは裏を返せば、俺自身が森で見つけた珍品を、処理しきれない場面があるかもしれないということ。

ラスリューの村づくりを手伝って、俺もいつか面白そうな機械工作をしたいという欲は出てきている。

そんな時に、家があるとないとだと、

……ある方が、取りかかりやすいか。

『やめる理由』が減るだろう。


悪いことではないし、腹を決めよう。

「分かった」

「総次郎殿、それでは……」

「もう少し拡張というか、大きい家を作る。手伝ってくれますか？」

「ありがとうございます！」

手伝いを頼んでいるのに、むしろ俺より嬉しそうな顔でラスリューがぶおんと大きな尻尾を振っていた。

「じゃあまずは、ミスティアたちと相談してみます」

俺と千種とミスティア、それにヒナ。

全員住むとなると、４ＬＤＫくらい必要になるんじゃないだろうか。そうなると完全に一軒家かそれ以上だな。

うーむ。森の中にそんなものがあったら、豪邸の別荘みたいだ。

どうなんだろうか、それは。

「最終的にどうするかは、話を詰めながら考えましょう」

ラスリューがにこにこしながらそう言った。

それもそうだ。


とりあえず一番近くにいたヒナに聞いてみる。

新しく家を建てる計画があるんだが、今の部屋に不満はないか？

そんな感じで話してみた。

「ないです、滅相も」

倒置法？　ヒナがぶるぶると震えて答えた。

ちなみにヒナが住んでいるのは、マツカゼたち用に作った厩舎である。人間をそんなところに、と慌てたものだが、俺以外はみんな平然としていた。割とよくあることらしい。

仕方ないので俺も割り切って、とりあえず、むき出しだった地面に板を張ってフローリングにしておいた。ムスビに動物の毛皮でラグを作ってもらって手渡し、折りたたみ式だけど椅子も作り、収納棚を上の方に作ってと改良した。

間仕切りだけだったので扉もつけた。

隣の部屋がマツカゼとハマカゼで、壁も間仕切りしかないが、一応ネットカフェの個室と同じくらいにはなった。

ヒナはそんなものでも恐縮していたものだ。

「屋根裏とかで、普通です」

らしい。テーブルとか欲しいなら言ってくれ。狭いから折りたたみ式がおすすめ。

「えと、紙とえんぴつ、あると。料理に使えていいです」

「レシピか。確かに」

えんぴつはラスリューが持ってたはず。あとはメモ帳とノートかな。テーブルも作ろう。

「感謝、します」

満足満足。ヒナも嬉しそうだし、聞いて良かった。

「って、そうじゃないんだよな。家を作る話だった」

「家、を？」

ヒナは首をかしげた。

「ミスティアはどうだろ？」

「エルフは、袋一つで、どこでも行けますから……」

身軽な種族らしい。まあミスティアも、森の中なら全部自分の庭、みたいな態度があるよな。

そういえばミスティアは最初に出会った時、荷物の大部分を魔獣に持っていかれていたが、あまりこだわらなかった。


そういうところを鑑みると、もしかしたら同じ話をしても大した反応もないかもしれない。『あ、そうなの。別にいいわよ』くらいで。

ということで、ミスティアに部屋を見せて欲しいと頼んでみた。

「えっ、だ、ダメよ!!」

ちょうど小屋にいたミスティアを訪ねると、その出入り口で激しく抵抗された。

閉めた戸を背後にして、両手をブンブン振っている。


「ど、どうしてそんなに急に!?」

俺が今までそんなことを言い出したことは無かった。

俺とミスティアと千種は、同じような木造小屋に住んでいる。ワンルームキャビンで一人住まいをしている人間の小屋が、三つあるという状態だ。

　お互いに割と不干渉だった。

「確かに急で悪いけど……散らかってるのか？」

　あからさまに焦っているミスティアだが、俺の疑念にはむむっ、と唇を尖らせて不満を露わにした。

「エルフが部屋を散らかすなんて、ありえないわよ」

「じゃあいいだろう？」

「そういう問題でもないですしー……」

「あー、骨とか、いろいろ多いです。あるじ様」

　長身のヒナが、窓から部屋を覗いてそんな感想を言う。

「きゃーっ」

　ミスティアの悲鳴が響いた。


　中に入ると、なにかのでかい骨とか、毛皮をかぶせた人形だとか、大小様々なブラシとか、枝とか。

　やけに可愛らしい装飾の箱があるのは、たぶんリボンとかか。あれは見て見ぬふりしてあげよう。

　壁にはいくつもの薬草・香草・なんか骨まで吊るしてある。陰干し？

　確かに、散らかってはいなかった。でも、

「思ったより物が多いな」

「面目ありません……」

ミスティアはしゅんと肩を落としていた。

別に、意外だっただけなんだが。

「骨とか枝とか、この辺のはマツカゼとかヒリィと遊んでるやつだよな。たまに放牧場で振り回してる」

「うん」

「あれって、ずっと取ってあったんだ」

その都度どっかから拾ってきてるものかと。

「森の中でちょうどいい棒があると、つい拾ってきちゃいまして……」

なるほど、確かにちょうどいい感じのやつがある。

「これは魔獣の革を骨の形にして、乾燥させたやつだな。ヒリィがたまに齧ってる」

「そうなのー。これ好きなのよね、あの子。意外と」

鞣し革を成形して乾燥させたものだ。かなり硬いが、飛竜や狼にかかれば一週間くらいでボロボロに食べられてしまう。

「……今度俺も何か作ろう、犬グッズ。フライングディスクとか、ボールとか。回し車とか？」

「私もなんとなくそうしてたら、もうどんどん増えちゃったのよねー。身軽な旅のエルフだった私としたことが、情けないこと」

自嘲するミスティアだった。

ともあれ、ミスティアの部屋とあと犬（竜も）グッズみたいなのをしまう倉庫を建ててあげよう。俺も使えるなら使いたいし。

それに、俺の部屋にもブラシとか犬グッズ作ってあるので、ひとまとめにしてしまおう。


「千種、部屋見せてもらえるか？」

「な、なんなんですか？　みんなしてぞろぞろ……」

突然の訪問に戸惑う千種だった。ちなみに、ミスティアもついてきている。

ものすごく不安がられたが、見せてはくれた。

部屋は意外と整頓されてた。しかし、その一画に魔物の毛皮で作ったラグと、定期的に要求されるのでいくつも作ったモスファーが、もっふんもっふん敷き詰めてある。

……完全にモスファーを満喫しておられるなこれ。Yogiboの展示場か？

まあ、千種は影にあれこれ仕舞い込むから、まずいものは部屋に置いたりしないだろう。

「あら、面白そうなのがあるわ」

「あー、それはダメなやつなのに」

普通に置いてた。

そういえば、影がごちゃつきすぎると、なにが入ってるかわからなくなる、って言ってたからな……。

ミスティアが見つけたのは、開けっぱなしの長持ち（収納ボックス）の中にあったものだ。

「んー、たぶん遊戯盤？」

「ボードゲームか。あ、チェス盤だなこれ」

俺も見てみると、白と黒の市松模様が並ぶチェスボードと、その上に作りかけらしい駒が置いてあった。

意外にも、駒を手作りしているらしい。

「骨、ですね」

すん、とチェス駒の匂いを嗅いで、ヒナがつぶやいた。

「あっ、あっ、その、魔獣の牙を削って作ってるので……作りかけなので……」

わたわたしている千種。長持ちには、ロックハンマーとヤスリも一緒に入っていた。

それどころか、

「……リバーシと将棋盤と、こっちはひょっとしてトランプカード？」

テーブルゲームがいくつも納まっていた。

拙いものも、うまいものもあるが、手作りしてある。

「意外な趣味が。こういうの作るの、得意なのか？」

「あっ、ぜんぜんです。人と遊んだこと、ほとんど無いんで」

「それは逆にちょっと怖いな……」

遊ぶ予定の無いボードゲームを、延々と作り続ける。どういうことだ？

「あっ、これ、宮廷にいるときに職人にいくつか作ってもらって。それをお手本に複製してたんです。ちまちま手を動かしたい時に、ちょうど良くて。えへへ」

「そういうことか」

つまり暇つぶしである。ウカタマの影響なのか、部屋の前には野草を育てるプランターを置いてあったりするけど。

漫画が無いので、それに代わる暇つぶしを指先に求めたんだろう。

「よくわかんないけど、遊べる物なら持ってくれば良かったのに」

「あっ……昔、これを持っていって仲良くなろうとしたら、誰一人遊んでくれなくてトラウマで……作ってもらった職人さんに申し訳なくて……全部自分で作ったら、もう一回挑戦する気持ちが作れるかなって……」

暇つぶしじゃなくて、御供養（トラウマ治療）だった。

「分かった。今日はこれで遊ぼう」

「あっ、はい……えへへ、よ、良かった……」

千種の目じりに涙が浮かんでいる。意外と地雷だったなこれ？

部屋の中に分かりにくい地雷を堂々と置かないでほしい。気になって触ったら慎重に扱わないと爆発するとか。


結局その日は、テーブルゲームに少し興じて終わった。

ミスティアが強い。地頭の良さがある。

そして千種が弱い。一発逆転ばかり狙うのやめよう。

ゲームをしながら相談した結果。全員でひとまとめに一緒に住むのは、ちょっと保留にした。

折衷案として、俺の家を大きく作る。いざとなれば全員が寝泊まりできるくらいの大きさで。その家の近くに、それぞれの小屋を設置する。

部屋に不満がないと言ってくれたヒナには悪いが、さすがに厩舎まで移動させられないので、ヒナは引っ越しだ。

グランピング施設の、センターハウスとバンガローみたいなものだろうか。

「そういう結論になりました」

「もちろん構いません。それでも、いろいろとできることがありますから」

俺の話を聞いて、ラスリューは配置やデザインなどの別案をいくつも出してきたのだった。

ありがたい話だった。先手先手で用意してくれているとは。

この頭の良さ、ミスティアと、どっちがチェス強いだろうか。

ちょっと、興味をそそられる対戦だった。今度それとなくすすめてみよう。

第七十二話　第二次拠点開発の始まり

さて、いよいよ拠点の自宅を大きくする工事を始める。

ラスリューと相談して、完成予定図もだいたい把握した。さて、どこから手をつけるか。

「総次郎殿、まずはですね」

「はい」

「きちんとした作業所を作りましょう」

「はい……」

ラスリューにそんなことを言われてしまった。一応今までは木材加工はやりやすい場所で地面を均して使っていたんだが。

まあ言われるのも無理はない。要するに野ざらしでやってたわけなので。

そろそろ、きちんとした作業所を作れと言われたら、そのとおりだろう。

その作業所で、また伐採の時に外で使える道具を作ればいいのだ。

青空作業だったのは、ひとえに俺の怠慢でもある。要するに、神器さえあれば、どこでも工房と同じことができるので、まだ作らなくてもいいだろうで先延ばししていた。

しかし、千種やミスティアを見て思ったのだが、試作品や作りかけを置いておく場所はあってもいい。

お気に入りの材木も、こっそり特別な場所に置いてあるが、あれも木工所に置いておけばいいだろう。

話が決まってからは早かった。

ラスリューはすぐに設計図を描いて、鬼族を呼びつけた。

建設作業はすぐに始まり、いつものようにスピーディに部材が作られ、運ばれていく。

頃合いを見て中休みを提案したのは、俺よりも鬼族のためだ。だいぶ汗をかいていたから。

ヒナがお茶を持ってきてくれたので、ありがたく喉を潤す。

鬼族ともだいぶ話しやすくなってきた。

「道中、大丈夫でした？」

「問題ありません。どうにか気配ぐらいは、探れるようになりました。手強(てごわ)い相手は、避けるようにしておりまする」

戦士のゼンは、作業では運搬と指導者役だ。

どうやら鬼族も森に慣れつつあるらしい。

「マコはまだ未熟な若者ですが、耳が良く、脚も速い。森の勘所を、エルフのミスティア様にご教示いただきましたゆえ、ようやくお役目を果たせるようになってきました」

「恐縮であります」

マコ、と呼ばれた鬼族の女性が頭を下げる。

馬頭鬼（めずき）のマコ。牛頭鬼（ごずき）であるヒナと同じく、他の鬼とは一つ頭抜けた存在らしい。

こちらもヒナと同じく長身で、しかし一〇センチ程度ヒナより小さい。角も細めで鋭い一本角で、頭の上に獣の耳があった。全体的に、すらっとしたスタイルをしている。


「やっぱり、ここの魔獣は強いですか」

「押忍、問題ありません。我らの目的は移動。戦闘は避けております。あるじ様」

腕を後ろで組んで背筋を伸ばして、凛（りん）とした佇（たたず）まいで、俺じゃなく前を見たまま答えている。

まるで兵士のようだ。

でも休憩中なので座っていてほしい。手振りで腰を下ろしてもらう。

「頑張ってください」

「押忍、お言葉光栄であります。感謝致します、あるじ様」

ゼンがゆっくりうなずいた。


「使えそうな素材を持つ魔獣もいます。いずれ魔獣を狩り出して、村の役に立てられるかと。ラスリュー様や総次郎様に、献上品を作れるようにと励む次第でございますれば」

「いや、そんなに急がなくて大丈夫ですから。今のところ、俺にも勝てない相手は出てませんし」

「そうでしょうな……」

若干、目を逸らされる。なぜ。

自分よりも村全体の発展を願って働く鬼たちはとても勤勉だ。新天村のため、ラスリューのため、あとなぜか俺のためにも働くと、常々口に出してくれる。

そのひたむきさが強く目立つのはマコだが、ヒナも他の鬼族もだいぶその傾向は強い。

「そっちの村で、今作ってるものとかってありますか？」

「窯など、作っております。炭を焼くにも、土を焼くにも、窯が無ければ、と」

調理用の竈（かまど）ではなく、炭焼きや土器を作る窯か。いずれ鉄器とかも作るのかもしれない。

文明を作るには、窯は必須の存在だ。

木を焼けば炭に、土を焼けば土器に、となにを作るにも原材料は窯や炉からできると言って過言ではない。文明には必須の存在だ。

そういえばうちには無い。

つまりうちは文明ではない。それはそうだ。神器とか魔法とかで回してる。


「窯はいいですね。こちらでも耐火レンガができたら、石窯とか作りたいくらいだ」

「石窯をそれほど熱望されておられるとは、意外です。神器を使えば、たいていのものは事足りると思っておりましたが……」

「石窯があると、パンが作れるんです。いや、今も作れるけど、もっと美味く焼ける」

「ほ、ほおお……もっと、美味く……さらに？　あれが？」

ゼンが目を見開いている。そこまで驚かなくても。

「まあ無いものねだり、なんですけどね。粘土も赤土もあるけど、それだけで耐火レンガ作れるのか、わかんないですし」

「耐火……火属性ということですな……」

そんな四方山話をしながら、建設作業は進んでいった。


翌日。

「遅参の失態を、お、お許しください……」

建設の応援に来た鬼たちは、全員血だらけだった。

「いやそんなことよりそれどうしたんだ!?」

「あれに襲われまして、死闘になりましたゆえ……」

と、ゼンが指差したのは、鬼族がそんな姿でも運んできた魔獣だった。死闘を繰り広げ、どうやら勝利して戦利品にしたようだ。

岩火熊という、腕と背中にも甲殻を持った、大きなヒグマだ。以前からちょくちょく出くわすが、鬼族が何人もかかってようやく倒せるか、くらい強いらしい。千種も最初はこれに襲われてた。

「肉と胆を献上いたしますゆえ、どうかご寛恕いただければ」

「いや、全部持ってっていいから」

「慈悲に感謝します」

と、恭しく頭を垂れるゼンの背後で、マコが拳を握っていた。いわゆるガッツポーズっぽい『やったぜ！』感があるその勢いだが、俺は首をひねりつつもスルーしておいた。

材木所は、すぐにできあがった。

続けて家づくりに取りかかる。どんどんやろう。


数日後。

「ソウジロウ様、先日の失態を埋め合わせするべく、こちらをお納めいただければと……」

持ってきたのは、耐火属性のあるレンガだった。

岩火熊の甲殻を砂になるまで砕いて混ぜて作ったらしい。なるほど。

「……村の窯は、いいのか？」

「お詫びをするほうが急務かと」

どう考えても岩火熊の甲殻全部使っただろこの量は。

「パン焼いてほしいのは誰だ!?」

「押忍！」

まだ包帯が取れていないマコが勢いよく返事した。

……まだ若くて未熟、って本当にまだ無垢なのではこの子？

思わず眉間を押さえる。

「偵察してるのに仕留めるまで戦ってるの、おかしいと思ったよ……」

「しかし村の総意でもあります！」

マコが元気よく言った。

俺はゼンを見た。鬼は目を逸らした。

おかしい。鬼族が自分の村の発展より、食欲を優先している。俺のせいだろうか？　俺のせいかもしれない。

心当たりは、割とあった。

美味しいものを次々に振る舞って、隙あらば美味しいと言わせていたのは俺だ。だって喜んでくれるから。

こっちに工事をしに来てくれる鬼族にも、美味しいものを食べてもらおうとパンを焼いたりしていた。確かに。

「……ラスリューに、設計を頼んでくるよ」

焼いてあげないとなるまい。石窯パンか。

まあ、大量生産できるメニューで良かった。そういうことにしておこう。

ヒナもたびたび同族に会って情報交換してもらって、村で料理を自家生産してもらうようにしないとな……。

あ、ヒナが書いてるレシピ集が役に立つな。作ったものを記録してもらって、それを新天村への定期便にしよう。

鬼族の積極的な協力の甲斐もあって、俺の家はたちまち造りあげられていった。

石窯の設計図ができた時は、見学者まで出てきた。〈クラフトギア〉で石積みする左官仕事に興味があったらしい。鬼族も窯を作ってるから。

自分たちでも、パンを焼いたりするんだろうか。

まさに切磋琢磨（せっさたくま）という感じがしてきた日々だった。

ちょっと楽しい。

第七十三話　熱い魂

露天風呂はとても良いものだ。作った甲斐があった。

森の風景や音に癒やされながら、ぬくぬくと入る露天風呂は心地好い。

そんなお風呂に毎日のように入っていると、

「ミスティアの気持ちがちょっと分かってきたな……」

今日もお風呂の後に〝シメ〟のように、少し冷えている川に飛び込んでいるエルフがいる。

露天風呂は快適だ。

広いし、温かいし、ウカタマとコタマが横に並んでぽけーっとしている姿を見ながら入っていても、足を伸ばせる。

しかし、

「文字どおりぬるま湯に浸かりすぎていて、ありがたみを忘れそうになるな……」

もうちょっと、厳しさが欲しくなったりもある。

「ぬるま湯かんげーでーす……」

俺の横で、千種がぶくぶくとお風呂に沈んでいる。

だらーんと湯船の中で伸びる女子高生は、弛緩（しかん）しきっていた。なんなら俺よりも、温泉を満喫してる気がする。

「まだいけるぜっていう気持ちにならないか？」

「ならないでーす……」

「こやつめ……」

スタンスを曲げない千種だった。

「これだから女子高生はよお……」

いやまあ、見た目だけでJK（女子高生）って歳（とし）じゃないんだけど。

俺の言葉に、千種は横目でうろんげに睨んできた。

「これだからしゃちくおにーさんはよお……」

ぐ、反論ができない。やるな。

「社畜か……」

思い出すものがあった。

「……それだな。作ろう」

「えっ、会社をですか……？」

そうではない。

「会社員時代の、数少ない楽しみをね」

「なんですかそれ？」

「スパ」

サウナを作ろう。


サウナ小屋を作る。

と言っても、そんなに特別なものを作らなくていい。必要なのは、普通の小屋だ。少し違うのは、内装と熱源であるストーブのことだ。

まずは小屋を建てる。

いつもの流れだ。露天風呂のほど近くで、建設予定地を選定して地面を均す。いったん地面を耕すように掘り返しつつ、平らにするのだ。ウカタマが。

それが終わったら、外壁の大きさと形に合わせて四角のフレームを作り、均した地面に置いて、フレームの下に柱を支える石を仮置いて位置を調整する。

杭を打って糸を張り、内側の石を置く場所に目印として杭を刺しておく。

位置が決まったらフレームをどかして、大きく四角く切った石を入れる穴を掘る。俺は穴掘りショベルで、ウカタマがご自慢の爪で、そしてなぜか参戦してきたマツカゼが前足で、適度な深さに掘る。

マツカゼはすごく楽しそうに穴を掘って土まみれになり、全身をぶるぶる振って土埃(つちぼこり)を落としてから俺を振り返って吠えた。なんか誇らしげだった。

ぐしゃぐしゃに撫でてから、川に送り出してやった。洗ってこい。

穴の底を叩き締めてから砕石と三和土で固めたら、束石――床を支えるための石だ――を入れていく。埋没させた束石の上に床下の柱となる角材を立てて取り付けた。

あとは、周囲の掘り起こした地面を突き固めてガチガチにしておく。〈クラフトギア〉の力か、アスファルトで固めたように硬く締まった。

太い角材とコンパネ（偽）などで、床を作っていく。床と言うより、床下と言うべきか。

ともあれ、これで土台の完成だ。


太さを揃えた丸太で、ログハウスを作ろう。

これまで小屋を作った経験と、あとラスリューの屋敷を手伝ったおかげで、ログハウスくらいならやり方は分かる。

とりあえず丸太の皮を剝いでおく。スクレーパーという、ヘラのような形をした両手持ちの工具を〈クラフトギア〉で喚びだして、ざくざくと削り落としていく。

一本ごとにはそれほど時間がかからないが、数があるので大変だ。

「むむっ、それなら私にもできるかも！」

「お手伝い、します」

ミスティアとヒナが手伝ってくれた。長めに削いだ木の皮を、マツカゼが咥えて走っていた。

すっかりツルツルになった丸太が数十本、すぐにできあがった。

「ありがとう」

「いえーい！　余裕ですとも！　楽しかったわ！　できることがあったら、なんでも言ってね」

ミスティアは俺とハイタッチして去っていった。

「えっ、あっ、えっ……？　ご、ご無礼では……？」

ヒナがそれを見て、手を上げたり下げたりして迷っていた。

その迷っている手に控えめに俺の手を合わせてあげると、

「あ、ありがとうございます……！　なんでもしますので……！」

ぎゅぅ、と手を握ってから、ヒナが去っていった。力強いな……。


さて、この丸太を井形に積んで外壁にするわけだが、それはもちろん、加工しながら積まないとならない。

井形というのは、文字どおりに真上から見て〝井〟になる配置で木を積み上げる。横二本で一段目、縦二本で二段目、横二本で三段目、の繰り返しだ。

ただの丸太のまま井形に木を積めば、一段目と三段目の間には、丸太一本分もの大きな隙間ができてしまう。もちろん、同じ向きの上下段でも、加工無しではネズミでも出入りできるような穴だらけの壁になる。

縦横の丸太が組み合わさる四隅の交点では、丸太一本分の隙間を無くして嚙み合うようにノッチ加工をする。

そして、壁にした時に上面と下面になる部分に、実加工（さね）——凹と凸を作って嚙み合うようにする加工を、交点から内側になる部分全てに刻んでおかないとならない。

大変な作業だ。——そして、神器〈クラフトギア〉が本領発揮する作業だ。

一段目と三段目、二段目と四段目、ノッチ加工のあとに上面と下面それぞれに実加工を施し、具合を見て調整し、嚙み合わせを良くする。

「職人の腕の見せ所は、むしろ神業の見せ所なんだよな……〈クラフトギア〉なら」

鋸でもノミでも木の抵抗を無視して切って削り、掘って刻み、その嚙み合わせはもはや一体化しているのも同然で、針が通る隙間すら無かった。

一段、二段、三段と、次々に組み上がっていく丸太。

もちろん、高所作業は千種の腕の見せ所でもある。

「いきまーす」

「オーラーイ！」

足場になる板を空中に『固定』して歩き回る俺に、千種が無重力状態の丸太を蛸足で持ち上げる。

「あっ、ほい」

「よーし！　下ろして！」

上下とノッチが合っているか確認してから、蛸足がそっと丸太を置く。俺が木槌にした〈クラフトギア〉で叩くと、大した力を入れずとも丸太はがっちりと噛み合い、接触面が『固定』されてビクともしなくなる。

「オッケー！　次は一五番」

「あっ、はーい」

次を上げてもらう。

鬼族でも何度も叩いて工事を組み上げるものを、〈クラフトギア〉は短い釘でも打つような手軽さで終わらせる。

村づくりの時には、何人もの鬼族がぽかんと口を開けるところを見たものだ。

さて、外壁を積み上げたら、屋根を作る。

何度もやっているので、これも手慣れたものだ。切妻屋根を作り、コンパネをかぶせる。これでとりあえず、家のような形にはなっている。

雨が降ったときにも、せっかく作った土台が水たまりにならないようにはなった。しかし、このままでは屋根が薄い板一枚だけだ。

魔獣の鞣し革を張っておく。この森の魔獣はやたらと大きいので、屋根材として張り付けるぶんくらいは、すでに持っている。鞣したのはムスビだ。

防水と耐熱、それに吸湿性。それらを満たすものらしい。

……どの魔獣のやつだろう。

ムスビに全部お任せである。

あとは、ドリュアデスから搾り上げた樹脂を塗った板を革の上から張っていく。木製の屋根瓦なんて応急処置もいいところだが、サウナ小屋は〝お試し〟の一号だ。

一回やってみて改善点を見つけたら、次のを建てるので別に良い。

神樹の森の水に神代樹に、ドリュアデスの黒い樹脂を塗ったものだ。そんなにすぐに問題が出るとは思えない。

出たら直そう。

さて、ようやくガワができた。内装や窓などを考える。

縦長の長方形の小屋。真上から見て短い辺に入り口をつける。ここまでは決まっている。

入ってすぐはサウナではなく、サウナ前のリフレッシュルームにしておこう。棚とか椅子とか置いて、ここで服を脱いだり座って休んだりできるように。

小屋の真ん中に壁を作って、奥をサウナにする。

いったん前室を置くことで、サウナ室のドアを開け閉めしても冷えすぎないようになる。


さて、問題はサウナの種類だ。それによって内装は決まる。

サウナにもいろいろと種類があるのだが、俺には計画があった。

深い森の中で味わう、時間を噛み締めるようなサウナ。たっぷりの天然木材で建てた小屋で、近くには川がある。となれば、選択肢はこれしかなかった。

フィンランド式サウナである。

日本でよくあるのは、高温低湿のサウナだ。八〇度〜一〇〇度という高い室温で、短い時間を我慢して水風呂を浴びる。

フィンランド式のサウナは低温高湿。六〇度くらいの室温でたっぷり水蒸気を浴びながら、長時間リラックスする。水浴びや外気浴をしながら、繰り返しまたサウナに入るというもの。

フィンランド式のサウナは、我慢をしたり、時間を見ながら入るものではない。

入りたいだけ入り、出たくなったら出て行って、また入りたくなったら入る。

自由なサウナだ。

社畜時代に、スーパー銭湯のサウナにお世話になった。

家に帰る時間が無くて、早朝営業のサウナに行って熱気を浴びて、仮眠して、そのまま数時間後に翌日（？）出勤……

生活が破綻してたせいか、サウナで汗を流すと一気に疲れが降りかかってへとへとになってしまった。危うくサウナの中で寝たこともある。

そんなサ活をしていた時に、同じくサウナにいた人から聞いたのがフィンランド式サウナ。

ゆっくりたっぷりと入れるサウナで、息苦しさも無くて、むしろ深呼吸をしながら瞑想（めいそう）ができるという。フィンランドでは子供も入れるのがサウナで、ロウリュをたくさん浴びながら温まるのだと。

山奥で営業するサウナグランピング場にそのサウナがあり、自然と一緒に満喫するのをオススメされた。

もちろん無理だった。忙しくて。

しかし、今の俺なら。

サウナに行って入って仮眠室で倒れていた頃の俺ではないのだ。

サウナの内装は決まった。

まず膝下までの、背の低いストーブを作る。

ラスリューから鉄板をもらって、耐火レンガで薪ストーブを作り、天板だけを鉄板にしておく。

耐火レンガは熱を伝えないが、鉄板は熱を伝える。

ストーブはサウナ室の入り口横に耐火レンガを敷いた床に置き、大きなパイプを樹皮で作って『固定』する。燃えない木製パイプをストーブに接続して外に突きだし、煙突として取り付けた。

そして、鉄板の上に石を積んでおく。サウナストーンだ。部屋と一緒に温められたこの石が、サウナを作る。

入り口の足下脇には吸気口をつけ、酸素不足に備える。天井近くに小さな排気口を作り、スライドする木の板を取り付けて、室温調整もできるようにしておく。

そして、サウナベンチを作っていく。

サウナを楽しむ時に座ったり寝転んだりできるように、長椅子となるデッキを壁に取り付けるのだ。

滑らかに仕上げた木材ですのこを作り、サウナ室の壁に『固定』する。サウナベンチは二段作るので、壁につけるほうは高い位置にする。低い位置で座れる一段目を、二段目の足から前に突き出す形で作る。

あとはサウナベンチの下の空間に収納を作り、薪を置いておけるようにする。

サウナでは熱い空気は上に行くので、一段目と二段目でそれぞれ体感温度が違う。熱さが欲しい人は高い方に座るといい。


サウナ室の窓はとても小さく、十五センチ四方の大きさにしておく。扉に空けた窓も小さく、サウナ室を薄暗くする。

これもフィンランド式サウナの特徴で、明るすぎず穏やかにサウナでリラックスできる環境を作るためだ。


サウナルームさえできれば、あとの内装は適当でいい。

リフレッシュルームの壁に収納と窓を作り、椅子を置いておく。

あとは——

「サウナに必要なのは、動線の把握だ」

——外の施設を含めて、サウナという『体験』を作っていくのだ。


楽しくなってきたな。

第七十四話　スーパー露天風呂

深い森の奥で楽しむ、川原の秘湯。

そこに新たな道が作られた。

広々とした豪華な露天風呂の床に、飛び石を置いて別の床が近くに作られたのだ。

なんということでしょう。そこには小さなログハウスと、その周りに広がるウッドデッキがあるのです。


ログハウスの扉を開けると、まずはリフレッシュルームがあります。

くつろぎの椅子、そして小さな壁の棚には水差しとコップがあり、ここで安らぐこともできるというのは見るも明らかです。

しかし、このログハウスの真の価値はもう一枚の扉をくぐった先にあります。


サウナルームです。

露天風呂のすごい広さから一転して、ちょっとこぢんまりとしているようにすら感じられるサウナ室。

控えめな照明と薪の燃える小さな音が相俟って、慎ましやかでほっとする空間となっています。

サウナとしては低温の六五度くらいに程良く温かな空気の中、肌触りの良いサウナベンチに腰掛けて、その静かな安らぎに心をほぐしましょう。

そして、このサウナではロウリュをたくさん、たっぷりと行います。ロウリュとは、サウナを温めるストーブの上に置かれた、熱々のサウナストーンに水をかけて蒸気を発生させること。蒸気で室内の湿度を上げて、体感温度を高くすることで、発汗作用が促進されます。

そのために、室内にある桶と柄杓（ひしゃく）を手にしたら、薪のストーブで熱を蓄えた石に向かって遠慮無く水をかけてください。

サウナストーンがたちまち水を熱い蒸気に変えて、小さな部屋の中を心地好い熱の刺激で満たしていきます。


「おお……良い……」

俺はできあがったサウナを、人体実験していた。

まあつまり、自分で試してみてるわけだ。他の人に紹介する前に。

温かさの中でリラックスしていた肌にくる、水蒸気の適度な熱の刺激で心拍が上がる。蒸気はすぐに、ゆるゆると引いていく。残るのは、火照りと汗をじわりと浮かせて生まれた、汗腺の躍動感。

低温で吸気口のついたサウナルームでは、深く息を吸うことも苦しくない。乾式サウナと明確に違うのは、まさにそこ。

それどころか、胸いっぱいに広がる木の香りで多幸感に包まれてトリップしそうなほど。

……瞑想するようなサウナ、かぁ。本当にそのとおりだ。

しかし、そんな居心地の良いサウナでも、やはり体は熱く火照るもの。

そんな時は、サウナハウスから出ていきましょう。


「さて、ここからが幸せスパイラルの予定……」

うまくいくだろうか？

サウナハウスから出ると、ウッドデッキのポーチがあって、小屋の脇へとそのままデッキを歩いて行ける。

木で作られた床はそのまま道となり、階段になる。

下へと降りていって、そこで、

「川原の水風呂……！」

川を掘って水を引き込んで作ってはいるが、ほぼ川に直結した水風呂がある。

流れる川に向けて、俺は躊躇(ちゅうちょ)無く足を踏み入れた。

「――っあー！」

たまらずに倒れた。

倒れて、頭まで浸かって、緩い水の奔流を堪能(たんのう)して、

「最高だろ！　なんだこれ！」

誰にかは分からないけど怒った。だが顔は笑ってしまう。

「やばい……このまま流されたい……」

いや流されないように大きい岩とか置いて流れを緩くしたり、川底に簀の子を置いてるんだが、
そんな気持ちになった。

この心地好い水と、一体化してしまいたい。

そんな気分になった。


「水風呂はオッケー。次だな」

名残惜しいが、名残惜しいうちに上がらないと冷え切ってしまう。

飛び込んだ川から上がって、来た道を戻る。

サウナハウスの前には、ローチェアが二つずつ、向かい合わせで置いてある。

使い方はこうだ。

まず一つ目の椅子に座る。座面と背もたれはムスビが織ったシルクのような肌触りの、丈夫な布が張ってある。背中を預けて座るだけでも、かなり心地好いのだが、さらにもう一つを使う。

足を置くのだ。

するとどうだろう。まるでハンモックで寝そべりながら、空を見上げるような体勢で、外気浴ができる。

「……良い」

サウナだ。これは、紛れもなくサウナだ。


汗をじっくりと浮かせるサウナで深呼吸をして、川の流れに身を任せてさっぱりと浄(きよ)められ、日差しと外気を身に浴びて湿りを落とす。

木の香り、水のせせらぎ、濃(こま)やかな緑の風。

今あのぬるい露天風呂に入ったら、それはそれで溶けてしまいそうだ。

全てが全てを補い合っている……。これが……調和した世界……。


「おにーさん？」

「……………はっ!?」

一瞬、寝てた気がする。

スーパー銭湯で寝てた俺が、こんなところでも寝てしまいそうだというのか。

これはもはやスーパー露天風呂。


とか思ってる俺の目の前で、セーラー服の千種が立っていた。

「あの、こんなとこで全裸で寝てるの、なんで？」

「全裸じゃない」

ちゃんと腰にタオルが……あ、やばい取れかけてた。

「いや、サウナのテストしてたら、あまりに気持ち良くて……」

正直に説明しつつ腰に巻き直す。

「あっ、良いんですね……。あの、わたしちょうどお風呂でも行こうって思ってて……わ、わたしも使っても……？」

「いいけど……俺がこれからもう一回入るよ」

一瞬というかちょっと寝てたらしい。

体が冷えてる。サウナやり直そう。

「あっ、そうなんですね。分かりました」

そう言って、千種は脱衣所へ走り去っていった。

俺は立ち上がって、冷え切ってしまった体の熱を惜しむ。

「もったいない……もう一回サウナに行こう……」

ふらふらと誘い込まれるように、俺はサウナハウスへと足を向けた。

再び、熱い空気が目いっぱいに迎えてくれる。

温かい……。

サウナベンチに座って、深呼吸。高い位置にだ。

そして、ストーブに向かって柄杓で水を投げる。たちまち蒸気で満たされていく。

熱ではじける水の音さえ心地好い。


「あっ、これならわたしでも入れそうです……」

「そうか…………」

いつの間にか俺の前で一段目のデッキに座っていた千種を見下ろして、

「なんでいるんだ」

「？　一緒に入って、説明してくれるのでは……？」

当たり前のような顔で言われる。あれはそういう意味ではなく、これから俺が入るから、その後にしてくれという意味で。

……今さらって顔してるし、今さらか。

これはフィンランド式サウナだ。男女混浴というサウナ文化が、フィンランドにある。郷に入っては郷に従うか。

「説明ってほどじゃないけど……上の段と下の段だと、上の方が熱い。で、あのストーブにある石は、熱いから触らないようにな。水をかけて水蒸気を出すのをロウリュって言うんだが、これをやると熱くなるから、一声かけてからやるといい」

「あっ、やってもいいですか？」

興味ありそうな顔で、千種が言う。作った物にそういう反応は、やはりちょっと嬉しい。

「ロウリュしまーす……うへあ、あっつ……！　ひえぇ……」

「あ、水蒸気かぶると熱いからな」

「先に言ってほしかったかもです……」

そんなに前のめりになるから。


しかし、その後は千種はじっと温まって、ふわぁと静かにあくびまでしながら汗を垂らすのみだ。

まんじりともしないで座ったまま、少し傾いているくらい。

たまに蛸足が柄杓を動かして、ロウリュしている。

「暗くて……湿ってて……落ち着きます……」

俺もそんな千種の後ろでじっとしているだけで、一度冷えた体から汗がぷつぷつ浮いてきた。

なんだか時間が、ゆっくりと――

「いえーい！　ソウくんここにいるのー!!?」

鼓膜がビリビリ震えるほどデカい声を上げながら、サウナルームのドアをバタンと全開にされた。

アイレスだった。

「…………」

「あー、ソウくんいるじゃんやっぱり！　ねえなにここ？　あっ、待って聞いたことある気がする！　――サウナだ！　作るって言ってた!!　覚えてるのえらくない!?　ほめてー？」

裸のアイレスが、まんじりと座る俺の横に飛んできた。ドア開けたまま。

「…………うる、」

「え、石つんでるなにこれあっちゅ!?　やベー、なんだこの石熱いじゃん!!　裸なのに危なくね？　あはははは!!」

いきなりジャンプしてストーブに近寄ると、サウナストーンをお手玉し始めた。


「……アイレス、ドアを」

「あっ、ちょっと待って。ヒナー？　はやくー」

「は、はいぃ……失礼します……」

アイレスがドアの向こうに叫ぶと、緊張した様子でヒナが入ってきた。タオルを手にしている。

そしてヒナがドアを閉めてくれた。

「うおおぉ……でっ、か……！」

千種がなにか呻（うめ）いていた。

薄暗いサウナルームで、裸で向かい合う四人。という構図。ちなみに四人いるとさすがに狭くなってきてる。ヒナは確かに大きいし。背とかが。

「……………アイレス、狭いし立ってないで詰め」

千種がさすがに苦言を漏らそうとするが、

「いやー、ソウくんがすっごい大がかりなの作ってて、みんな手伝ったって言うからボクも手伝いに来たんだよ？　えらくない？　えらいよね？　うれしいってゆって？」

千種の言葉も届かず、アイレスは所狭しと俺の周りを右に左に飛び回る。ベンチの上で立って歩いたり、好き放題だ。

そればかりか、

「なんでここ暗いの？　えいっ」

アイレスが手を一振りすると、いきなり白く輝く光が室内に生まれ、サウナルームは明るく照らし出された。

「ﾟｧ――――!!」

「はうぅっ!?」

いきなり明るくなって悲鳴を上げる千種とヒナ、そして、

「わー、ソウくんおっきーい、かたーい？」

腕をぺちぺち叩くアイレス。

「水ブシャー！　うっわ湯気すごーい！　あははは！」

「こ、この陽キャいい加減に、」

千種が蛸足を喚び出す――より、早く、

「――〈クラフトギア〉」

神器は一瞬で光を粉砕して無数の粒へと変えて消滅させた。

「へ？」

ヒナの持っていたタオルを奪い、アイレスをぐるりと包んで『固定』する。瞬時に、部屋の壁を日本刀のように伸ばしたナイフで切って蹴り、開く。

「……許可するまで、ここに来るな」

「なんんンぐぅ――!?」

俺のタオルをねじってアイレスの口に突っ込んだ。

〈クラフトギア〉を長柄のハンマーへと変える。そして、簀巻(すま)きにされて転がったまま暴れ出したアイレスに突きつける。小さいケツに当たった。

「ンっ、んんぅ――？!!!?」

なにか言ってる。分からない。知らない。

『固定』してやる。そして、

「〈クラフトギア〉――飛ばせ」

空に向かって、思い切り投げた。

「ム――――!!！!?？!?!?」

アイレスは叫び声を上げながら、〈クラフトギア〉ごと空の彼方に飛んでいった。

「…………」

消えたアイレスを見送ってから、俺は外に出て切り抜いた壁を拾って『固定』して元に戻した。

そして入り口に回り、改めてサウナ室に入る。

千種とヒナが、背筋を伸ばして座ったままびくりと俺を見た。

「…………」

俺は大きく息を吸って、吐いて、

「サウナでは、大声は出さない。暴れない。それと、ロウリュするときは、声をかけてくれ」

「「はいっ！」」

良い返事だった。

第七十五話　豪邸か理想郷か

俺の家ができあがった。

壁に丸太の感じを残したハンドカットのログハウスである。

二階建ての２ＬＤＫだが、寝室にした二階の二部屋だけでも、寝るだけなら四人いても問題ない。詰めればもう少し入るはず。一階はリビングとキッチン、バストイレ付き。キッチンの調理器具にも照明にも、ラスリューの所有する魔導具が使われていた。定期的に魔石の補充がいるだろうとのこと。

一階にはテラス、二階にはベランダがあるので、どちらもくつろぐには最適。

慎ましくやりたいという俺の願いを反映したそうだ。

なるほど、ありがたい。

また、家の前にはちょっとした広場が作られた。円形にレンガを埋め込んだ、焚き火のできるスペースを中央に置いて、周辺は芝生に。キャンプ椅子でも持ってきて、火を焚(た)いたりバーベキューをするには最適だろう。

その広場を中心に、向かって左手に二つの小屋がある。こちらは一人用のログキャビン(丸太小屋)とでも言うべきものだった。コンパクトで、ワンルームにトイレとロフト付き程度の大きさ。

ミスティアと千種が一つずつ使っている。

そして広場の右側には、片流れ屋根のシェッドハウス（物置小屋の家）がある。一見すると大きいが、実は半分以上はキッチンと食堂で、使用人の使う小屋だ。

ここの小さな部屋の一つがヒナの部屋で、二階には鬼族が寝泊まりできる。でもキッチンがあるとはいえ、見た目では千種やミスティアの家より大きいので、ヒナは恐縮していた。

ちなみに、石窯もついている。

さて、これらの建物は、みんな一度外に出ないと、別のところには行けない。しかし、それでは風雨が吹（ふ）き荒（すさ）ぶ時などは、移動が大変なことになる。

まあ、それくらいの不便はあると思いながら、このデザインを受け入れた。みんなの希望を、そのまま持ち越すためだ。

しかし、ラスリューは満足しなかった。俺の家に、不便はあってはならないと主張している。

また、この程度の建物群では、新天村開拓での働きに見合わないと。

そういうわけで、ラスリューの持つ、とっておきの宝珠が使用された。『天禍不災の龍珠（りゅうじゅ）』というらしい。

この宝珠を使うことで、一定範囲に降り注ぐ豪雨風雪をはね除（の）けるらしい。例によって、神性と魔石は必要らしいけれど。

飾る台座を探していたので、それは俺が作ってみた。せっかくなのでこの家をデザインしたラスリューの姿を彫刻したレリーフにして、宝珠を嵌め込む形で作り、家の飾りにできるように。

これはラスリューがとても喜んでくれた。

「光栄です、総次郎殿」

この天龍の加護により、だいたいこの広場とその入り口あたりまでの範囲で、雨風や雪が降り込まないエリアになった。

つまり、見えない壁があるようなものである。


「まあまあ悪くない出来栄えになったかと思います」

このセンターハウスを中心としたグランピングエリアのような環境が完成して、ラスリューはうんうんとうなずいていた。

俺も大したものだと思う。

さらにここから草花や裏庭なども整備すれば、まるで別荘地の母屋と離れだ。軽く壁か生け垣で囲えば、もはやそのひとかたまりでお屋敷に見えるだろう。


ところで、疑問が一つだけある。

母屋と離れと、使用人室。キャンプファイヤーができそうな中庭。各種の魔導具によって便利で快適にされた家。

それらを囲む、悪天候を許さぬ見えない壁。

これらをひとまとめとして見た場合、それはもはや豪邸ではないだろうか？　いや、豪邸を一つ超えている気がする。最後のやつで。

慎ましい、だろうか……？

果たして、そうなんだろうか。

俺が希望した条件は全て叶ってるけど、見方を変えれば四人の希望を叶えるために四つの家と土地を内包する邸宅を作った、とならないか。

しかし、

「みなさんの希望を全て叶えつつ、まとまりの良さを出すのに苦労しましたね。神樹の森の自然をたっぷりと感じられる、我ながら力作の建築です」

とても満足げにしているラスリューに、下手なことは言えなかった。

ま、まあ便利で住み心地が良いのは良いことだよな！

それで納得しておくことにした。

第七十六話　総次郎、壁に当たる

さて、いよいよ問題なのは、残る一つの作業だ。

芸術品の製作である。

ここ最近、俺のしてきたことは全て、そのためでもあった。

ヒナを迎え入れて、拠点の雑務を任せた。

新天村の開拓を手伝って、鬼族という大規模建築すらできる人手不足を解消した。畑や田んぼや卵など、俺が手を入れるのは最小限でよくなるだろう。

家も立派なものにして、木工所まである。

後はどうするべきか？

手を動かすべきだ。

たくさんの時間をかけて作ったたくさんの時間で、俺は作業場で小さな木片に〈クラフトギア〉をあてがって……そのまま、ずっと動けずにいる。

「なにしてるの？」

「うおっと、ミスティアか」

急に話しかけられてびっくりした。

ミスティアは俺が持っていた木片をひょいっと取り上げる。

「木彫りの像かな。最近いろいろ装飾をしてたし、腕が上がってるわよねー」

「そうでもない、落ちてる」

「……謙遜ならいいけど、本気みたいね」

俺の顔を見て、エルフは苦笑いした。

そう、本気なのだ。

「それ、どう思う？」

「海魔の像よね。邪悪そうでいいと思うけど？　ちょっと怖いけど、例の漁村の人たちなんかには、売れるんじゃないかしら」

「魔石をラスリューとアイレスの新築祝いにしたから、まだ記憶が新しいうちに、記念に作ろうと思ったんだ」

あんなにデカいのはそんなに見られるものじゃない。（と思う）

なので、形に残してみようかと思った。

「でも、よく考えたら海面から下の部分は見てなかった。想像でどうにかしようと思ったんだけど……俺には想像力が足りない」

少し彫るたびに『こんなもんだったか？』と疑念が湧いて尽きない。

進めようとする手がどうしても重い。止まってしまう。

「うーん……私には、ちゃんと海魔に見えるけど？」

「いや、なんか違う気がするんだ。なんとなく」

「作ってから修正すればいいじゃない」

「木彫りの彫像だからな。やり直しはできない部分もあるんだ。だから……」

腕組みして彫像を睨みつける俺を、エルフが背中からぎゅっと抱きしめた。

「ミスティア？」

柔らかく温かい感触が背中いっぱいに広がる。

いきなり動悸が激しくなったのを自覚した。


「……硬くなってる、ソウジロウ」

澄んだ声が耳元で囁いた。その吐息すら感じられる距離で。

ぞっくりと腹に力が入った瞬間、自分の姿勢がちょっと伸びるのを感じる。

「それに冷えてる。ね、ずっとそうしてたの？　ずっとそんなに固まってたんじゃない？　……背筋が曲がってる」

がしり、と胸を摑まれた。無論俺のだ。

「はい、起きて！」

「うおおおお……！」

ぐいいいいい、と力ずくで後ろに引っ張られる。いや、背筋を伸ばされている。

ばしん、と腹を叩かれた。

「息を吸って、お腹に力！」

「はい！」

言われたとおりにすると、深呼吸のように背筋に力が入った。

「どう？　海魔はどう見える？」

彫像を見下ろすと、先ほどまで近くにあった彫像がずいぶん遠い。それはつまり、曲がっていた背を伸ばして全体を見るようになったわけで。

「え、いや……ぱっと見は、完成に近い。でもこれ、のぞき込むと下の方が——」

「でもソウジロウが最初に見たのは、その視点でしょ？　アイレスに乗って、上空から見たんだから」

言われてみると、実際、こんな感じだったような記憶がある。

「でも、これだけだと不完全で……」

「ラスリューが頭の中だけでいくつもの建物を完璧に作るから、自分も完璧じゃないといけないって思ったんじゃない？」

「そんなことは」

反射で言ってから、

「……ないんじゃないかな？」

ちょっと自信を失う。

そうだ、自信を失っているんじゃないか？


製材所・お屋敷・ログハウス。

ラスリューは全て完璧に作った。職人とはこういうものかと思った。

それに比べて、俺は見たことがあるものを、できるだけシンプルに作っただけ。

そう思った。

手が止まった時、頭の中だけでどうにかしようとしてしまっていた。

「……どう？　本当になかった？」

俺が考えるだけの時間を与えてくれてから、ミスティアが優しく聞いてくれた。真実のところを。

「……あったかもしれない」

正直に答えると、エルフは優しい笑いの吐息を漏らした。

「……ソウジロウは、すごいと思う。私はそう信じてる。ソウジロウが思うほどに完璧じゃなくても、すごいと思ってる。いい？」

「……わかった」

触れ合う背中が、熱い。

それと、久しぶりの感覚。ミスティアに対して、俺は今、非常に我慢をしている。どんな我慢かは言えないが。

「でも、行き詰まってるのは大変よね。気分転換に、知ってるものから作るのはどう？　千種がお手本よ。彼女が御供養（模造）するの、手伝ってあげたらどうかしら」

「手は動かせる、と思う」

なにしろ、見本を前に同じものを作るのが千種の供養（趣味）だ。

それくらいなら、俺にもできるはず。

「やってみる」

そう答えると、ミスティアは体を離してぽんと肩を叩いてくれた。

「うん。頑張ってね」

エルフの深謀遠慮からくるシンプルな、励ましの言葉。

それを残して、ミスティアは去っていった。

ちょっと足早に。

第七十七話　御供養して

「意外と難しいな」

「溝があるだけ楽ちんですよ。ほら、もうこっち十枚目ですし」

「俺はようやく七枚。さすが」

「うへへ……す、すごいですか？　すごいですかぁ？」

……アイレスと相性が悪い理由って、もしかして同族嫌悪。

「すごいよ。俺はもう十分自信喪失だ」

「あっ、すみませんすみません！　マママウント取るつもりじゃなかったんです……！」

そして激しいヘッドバンキング。

すごいんだから、ちゃんと自信持ってほしい。

「落ち着いて落ち着いて」


千種と一緒に、トランプを作っている。

プラスチックなどなかったし、トランプにできそうな紙質のものもない。この世界で千種が作ったトランプは、木工職人が版画のように模様を刻み入れ、塗料でイラストを塗ったものだった。

「同じ木版画を作るまでは、余裕だったんだけどな……」

「すっごい助かりました……」

俺はまったく同じように、薄く削った木の板にトランプの模様と数字を書き入れたものを作った。さすがに薄すぎて、神代樹でもよく曲がる。これなら手でも二つに折れそうなほどだ。


「塗り絵は、苦手だったんですね」

「美術の点数、そんなに高くなかったよ、そういえば」

そのトランプに、千種が町で買ってきた塗料を塗っていく作業。

まずはチェック柄にした裏面。しかし、これが意外と大変だった。

はみ出さないように気をつけて筆を使っていくんだが、単純作業だし赤と黒を交互に塗っていくのは、意外と根気がいる。

「これ美術っぽくはないですけど、わたし、点数は良かったですね。――って、ああっ！　またマウントを……！」

「なってない。傷ついてない。安心してくれ」

一方、意外にも千種は、こういう塗り絵が得意だったらしい。

綺麗に赤と黒のマス目を塗りつぶしていく。

俺ははみ出ないようにするのに精一杯で、明らかに千種の方が早かった。

「傷ついてない、ですか？　本当ですか……？」

「な、なに？」

「いつもよりなんだか〝ごっち〟な気がしますけど……」

意外と鋭いな。

「……ちょっと落ち込むことがあったんだよ。これは、気分転換だ。悪いな、無理言って手伝わせてもらったのに」

「あっ、むむむ無理とかでは……！」

千種が慌てて否定している。俺は肩をすくめて筆を置いて、千種に聞いた。

「美術って、どうやったら良くなると思う？」

「……点数の話ですか？」

「点数の話です」

嘘だけど。

「先生の好み次第では……？　美術の先生って、そういうとこありません？　押しつけがましいっていうか……」

身も蓋もない。

「それでよくいい点取れたな……」

「変な先生でしたけど、話聞いてると、なにが好きかだけは、はっきり言ってるんですよねー……。だからお題もちゃんと真面目にやれば、いい点くれました」

なるほど。

「ちゃんと真面目に」

「はい。手が遅いので、よく居残りしましたけど。……このチェック柄も、ゆっくりなぞるだけで、塗り忘れたり塗り間違いがないので、逆に早く終わるかも？」

「なるほどなあ。ゆっくりか」

ゆっくりでも、手が止まっていない。

だから早くなるんだろう。ウサギとカメの理論だ。


「……勉強になるよ」

「ど、どういたしまして？　えへへ」

と、千種が笑った時に手元を見ると、

「はみ出てるけど」

「あっ、大丈夫です。赤なので、乾いた後に隣の黒で塗れば」

ああそうか。確かに。

……ん？　上から塗ればいい？

「千種、ちょっと思ったんだが」

「はい」

「こうすれば早くないか？　――〈クラフトギア〉」

俺は手近な木片をカードサイズに切った。二枚作る。

一枚の裏面を全て赤で塗る。

塗料を『固定』して乾いたのと同じ状態にする。それから、この部分をくりぬいたもう一枚を上につける。その状態で黒を大きな筆で塗りつけた。

「あっ……」

木枠がマスキングテープのようになり、一瞬でチェック柄だけでなく、他の黒線も塗り終わった。

「…………」

「…………」

無言で見つめ合った。


「……マウントじゃないからな？」

「あっ、はい。分かってます……ふへへ、わたしの得意って、無駄なんだぁ……」

千種は半笑いしていた。その目がちょっと濡れていた。

すごく悪いことした気分になるからやめてほしい。

「だ、大丈夫だから！　美術の話めっちゃ役に立ったから！」

「あの暗黒の学生時代でも、ピークだったのかなぁ……」

呼び戻すのにちょっと時間がかかった。俺は本当に、千種のことすごいと思ってるのに。

むう、卑下は良くないんだな。俺ももう少し、自信を持った方がいいかもしれない。

励ましてくれたミスティアに悪い。

第七十八話　天龍は脱ぎたい

「ソウくんっ、新しいお家が素敵だねっ。新築祝いしようよ！」

「アイレス。もちろんやるけど、今、会場を整備中なんだ」

「整備中っていうか、今作ってるよね？」

「この拠点で鬼族全員が入るような場所って、無いんだよな……。応援にはみんな入れ替わり立ち替わりで来てくれただろ？　みんな呼ばないと」

この拠点でそんなに大勢を呼ぶ予定がなかったので、入るところといえば放牧場くらいしかなかった。

それはさすがに、と思ってる。近いうちに急いで作ろうと思う。

「そんなに気を使わなくていーんだよ。みんな鬼族で頑丈だし、放牧場でもあのへんの川原で敷物広げただけでも、誰も文句言わないよ」

「あー、そうか。そういう手もあるのか」

川原のあたりを、ざっとでいいので広く伐り拓いて会場にする。そのアイデアは、ありかもしれない。

「なにも手を入れなくてもいいのに。真面目なんだね、ソウくん。かわいいー！」

それで合ってるのか？　おっさんに。

……いや、おっさんじゃないか今の俺は。ちょっと若返ってるし。

俺は苦笑いしつつ、ふわふわ浮いて首に抱きついてくるアイレスを受け止めた。

「新築祝いといえば、あのグラスよく使ってるよ？　本当に綺麗だから、ずっと使ってて飽きないよね」

「切子グラスか。喜んでくれて、ほっとしたよ」

まあ、あれは素材が良かったというのもあるだろうけど。

「それにあのパパ様のレリーフ見たよ。パパ様、すっごく喜んでたし、龍に変身してモデルしたんだって言ってたね。ボクの作る予定ない？　いつでも裸になるよ？」

その（幼い）少女姿で言うのはちょっと捕まりそうだからやめてほしい。

それに、あれはラスリューのとっておき宝珠が持つ、神秘的な輝きを見て作ろうと意欲が湧いただけだ。

「アイレスの像は、まだ作る自信がないな」

自嘲気味に言うと、俺に抱きついていた幼女がぐるりと前に来た。

「ソウくんのばかっ！」

角をぐりぐり額に押しつけてくる。地味に痛い。

「やめてやめて」

「パパ様の素晴らしい彫刻を作った人が、そんなこと言っちゃだめだよ！」

「あ、あー……すまない」

確かに、自分が作ったものを喜んでくれる人の目の前で、そんなことを言うものじゃない。

「鬼族のみんなもね。ソウくんがくれた木のお椀、みんな大切にしてるんだよ」

「ありがたいな、それは」

「ソウくんがここにいて、ボクが好きになったのは、新しい村で新しいことをしろっていう、天命だと思ってるんだ。あの料理とお椀と食器。あれでみんな、新しい村の在り方を決めたんだ」

「村の在り方？」

「新しい理念って言ってもいいかな。『融和と豊穣』それが新天村の理念。みんなの目標になったんだよ。ソウくんの贈り物でね」

そんなことになってたとは、驚きだった。

俺はただ、美味しいものを食べてもらおうと思っただけだ。

作れるものを作っただけ。

つまり、

「いや、そんなに深く考えたことじゃなかったんだが……」

なんだか深読みされたようでむず痒(がゆ)い。

「うん。みんなも深く考えたわけじゃないと思う。いろいろゴチャゴチャ言ってたけど、よくわかんなかったし」

がく、と首が落ちそうになった。

いや、珍しくすごく真面目なことを言うから、すごく真剣なことだと思ったよ。

「みんなが、そうだったらいいなあ、って感じただけじゃないかな。でも、それって大事じゃない？」

アイレスが、あっけらかんとそう言ってくれる。

……いいなあ、か。

「確かに、そうかもな」

「でしょー？」

にまぁー、と笑うアイレスだった。

「アイレスは意外と良い子だな」

「意外とってなに!?　ボクの好感度は天龍なんだけど！　人間はみんなこーべをたれて土に埋まっちゃうくらいじゃない!?」

「そういうのさえ無ければなあ」

第七十九話　動き出す神器を持つ手

「ずいぶん、いろいろなものを作っていますね」

「まずは手を動かさないと、なにもできないから」

俺は木工所で、様々なものを作ってみた。

折りたたみ式のテーブル。ヒナにあげようと思っていたやつ。

キャンプ椅子の骨組み。以前作ったのは急ごしらえだから、もっとしっかりしたのを。

収納棚。いわゆるカラーボックスってやつ。部屋の壁の上の方につけて、収納を増やすのもありだ。

そんな様々な品を見て、妖精が右に左にふわふわ移動していた。

木工所に遊びにでも来たんだろうか。

「このあたりは、実用品ですね」

「異世界ＩＫＥＡに、俺はなる」

「組立済みではダメなのでは」

「なんでお前がそれ言えるんだ……？」

イケアあるのか、妖精界？

サイネリアは特に返答も無く移動する。

そのあたりから、ちょっと変わる。置いてある物の作風が。

「おや、これはマツカゼですね。なんとも、小さい。優秀な妖精的には、高得点です。小さいので」

マツカゼのミニチュアだ。我ながら似てると思う。

「作ったときは、そう思ったんだけどなあ。ほら、あそこ」

俺が指差した先に、マツカゼがいた。

彫像を作っていたら、寄って来たのだ。完成間際に。

膝の上にぴょんと飛び乗る狼は、小さな足が着地するとずしりときた。しばらく相手してやってから下ろしたんだが、

「……この像よりは、成長していますね」

「そうだったんだよな」

毎日見ているマツカゼでさえ、俺はちゃんと作れていなかったらしい。びっくりした。

「直さなかったのですか？」

「これで記録を取りたいわけじゃないからな。作りたかっただけだ」

これはこれで可愛い。それでいいだろう。

創作意欲。

今の俺が手を動かしているのは、そういう理由だった。

「ムスビ、ウカタマ、ヒリィ……ピクシーもドリュアデスでもいるのに、優秀な妖精がいないのはなぜですか!?」

サイネリアが愕然としている。

「でも、他人の像とか、勝手に作ってたらダメだろう？」

「彼らはいいんですか？」

「作ってたらみんな来たけど、文句言われなかったぞ」

彫像を作っていると、なぜか本人がくる。この現象はマツカゼだけでなく、他の動物たちも同じだった。

「精霊や魔獣に属するので、神の想念が強いと反応したのでしょうか……」

「神のじゃなくて、俺のな」

「似たようなものです」

「似て非なるものだと思うけどな……」

そんなことを言い合いながら、ミニチュアを何体も広げた机を見下ろす。

壮観だ。と同時に、小さくまとめてしまったなという思いもある。

「ふむ、まるで日記ですね」

サイネリアが顔の横に飛んで来ている。まさしく、その言葉通りに俺も思った。

思いついたもの、彫像にしやすいものを作ってみた。

それは、この森に来てからの日記のようになった。

「芸術作品には見えないな」

「これが芸術だと主張すれば、芸術になるかもしれません」

「いや、そんなことないだろ。見たまんま。思い出すままに作っただけだ」

「おや、マツカゼは『見たままではない』と、認めたばかりですが？」

「それは……俺の思い出？」

妖精がつんと顎を上げる。おや、見下されているぞ？

「思い出の中でのあの子犬は、いつものように可愛らしいポーズを？」

「それはミニチュアとして、可愛くしてもらわないと……」

おや？

「つまり、これらは想像の産物です。頭の中にあるモチーフを改変し、妄想を見栄え良く形にしたものを、〝作品〟と呼ぶのですよ」

……反論の余地が無い。


そういえばこの妖精、出会った時から芸術にちょっとうるさい。

このあたりに装飾をとか、花を飾れとか、色々と言われた気がする。

もしや、意外にも造詣が深いのかもしれない。

「しかし、芸術と言うには、確かに一つ落ちますね。これでは、マスターのエッセイです。見るも華やかですが、足りないものがあります」

「……それは？」

思わず身を乗り出すと、

「ヒント。森の中。光の雨。花の香り。……翅のついてる、いい女」

ガキュイーン！　という効果音と共にポーズをするサイネリア。

「自己主張だったか」

なんだその決めポーズ。てや。

軽く額をつつかれたサイネリアが、くるくると縦回転しながら飛んでいく。無重力感を出すな。

それ、自分で回転して飛んでるだけだろう。

「優秀な妖精ちゃんは、語られたい……あらゆる種族を、ぶっちぎりで超越したい……ただ、それだけなのに……」

『ただそれだけ』に分類するには、大きすぎる野望を抱きながら、サイネリアは飛んでいった。


語られたい、か。

セデクさんも言っていたような気がする。紹介をするのに、ふさわしい品が欲しいと。

つまり語りたいということだ。語るきっかけにしたい。

俺を。

……俺を、か。

自分の彫像を作ってみた。今の自分、女神様に与えられた姿。健康な体で、幸せに生きている。

では、その前は？

『その前』の像を作った。そのつもりだった。

しかし、最後で手が止まる。顔の部分。

自分の顔が思い出せない。

いや、正確には覚えている。だが、どんな表情をつけるかが分からない。

頭の中の妄想を、見栄えよくする。ただそれだけでいいはずなのに、それができない。


ということは、つまり、それをやりたくないのだ。

嘘をついて、この顔を語りたくない。憶(おぼ)えていないというのが、本当なのだ。

前世では心労で疲れていた。文字どおり、死ぬほど疲れていた。

転生する直前の数年間は、自分は自分で動いてなかった。言われるがままに動いて動いて動き続けて、最後に折れた。

自分を見失っていたわけだ。それがこの顔の無い像の正体だ。

この時の自分と今の自分は、まったく別物だ。

だとしても、一つだけ確かなことは。

こんな顔の無い男でも、生きる実感を得られるほどの、経験をしたということ。もしも、

……もしも、この時の自分に、今起きていることを語るなら、どうする？

セデクさんは言っていた。芸術品がほしい、と。

きっと彼にとって、芸術品というのは友好の象徴であり、財産だ。

でも、彼と俺には、違うところが一つある。

俺にとっては、それはただ手に入れるものではない。生み出すものだ。

これは真似事だ。芸術家の真似事。でも、そこから生み出されるのは〝作品〟だ。

となれば、俺は俺なりの解釈でもって芸術家を真似して、俺なりに語るべきだと思う。

俺が思う職人の作る芸術品とは、どんな風に作られる？　どんな人が作り出す？

千種の話を思い出す。

美術の先生とは、いったいどんな人だっただろうか？

俺の思い出の中にある美術の教師と混ぜて語れば――わがままで、自己満足で、好きなものがはっきりしている人、だ。

顔の無い男の像を見る。俺がお前に、芸術家として語るとすれば、

「……推しの話をしようか」

好きな人の話を、してやろう。

第八十話　神秘の森

「あるじ様、大丈夫ですか……？」

「ヒナ？　大丈夫って、なにが？」

聞き返してみると、ヒナが困った顔をした。

非難されている気がする。

ヒナに！　非難されている気がする！　あっはっは！

「もう朝です、あるじ様」

「え？　あ、ほんとだ……」

「一晩中、やっていました……？」

「そうみたい、だな」

頭がやけにテンション高いと思っていたら、徹夜と作業をぶっ続けで興奮していたらしい。

だめだな。今の俺が会話すると、なにかひどいことを言いそう。

「ようやく作りたいものが決まって。作り出したら止まらなくてな……もう手を加えるほど良くなっていく気がして――」

いや待てよ？

社会人一年目の時に営業資料を作って大失敗したのと、同じ過ちをしているような気がする。

力を入れすぎるとうまくいかないこともある。手を入れるほど、愛着が湧いて欠点が見えなくなる。

「……今さら怖くなってきた。やりすぎたかも」

「やりすぎ、ですか？」

「うん。あー……怖いけど、他人の意見が欲しいな。ヒナは、これを見てどう思う？　でも今言ったばっかりか。やりすぎか」

やりすぎちゃったかー。

うーん、俺は気に入っちゃったんだけどな。

「どの辺がやりすぎだと思う？　でかすぎ？」

作り上げた木の彫像を、見上げて思う。

そう、見上げている。ミニチュアサイズでは到底満足できず、台座を含めて、二メートル以上あるものを作った。

つまり大作で力作だ。ミニチュアサイズでまず作ってから、これに取り掛かれば良かったのでは？

今さらそんな冷静なことを言われても。いや誰にも言われてないんだけど。

「寝ないで作る、やりすぎです」

ヒナが口にしたのは、俺自身への指摘だった。彫像は関係ないらしい。

でも、一理あるな。

深夜に書いたラブレターは朝起きて見返すと破りたくなる。そういう話を聞いたことがある。

俺も寝ないで作業をしていたが、そのせいで冷静さを失っていると言ってもいい。

それでも全然疲れが感じられないのが、この体のすごいところだ。しかし、

「メンタルに悪いよな……」

体よりも精神性の方が問題だ。前世の俺は一度、それで何も手につかなくなっていた。

反省して、精神を健全な状態にするべきだ。

健康な体が、いくらか引っ張ってくれていると思うが。


「仕方ない。一回寝るか。いや、朝から寝るのも、どうなんだろうか……？」

迷ってしまう。寝ないでもいける気がするので、余計に。

「とりあえず……お風呂で、その、どうですか？」

「それだ」

ヒナのアイデアを採用。

露天風呂に行こう。

ゆっくりお風呂に浸かってリラックスして、ご飯を食べて一休み。それからもう一度、この作品を見に来よう。

「行ってくる……」

「危ないです！」

ふらりと外に行こうとした瞬間、ヒナが慌てて俺の体を掴んだ。

足下に作りかけた像があった。危うく蹴飛ばすところだったらしい。おお、周りが見えなくなってるのか俺。

がっしり肩を掴まれると、改めてヒナの背の高さが際立つなー。彫ったばかりの女神像に迫る大きさである。

「うああっ、あるじ様、すみません……！　い、痛くなかったですか？　私ごときが、その、力加減とてもへたで……!!」

何やらヒナは顔を青ざめさせて、とても慌てふためいていた。力いっぱいに俺を掴んだらしい。

確かにめちゃくちゃ力強かった。鬼族の中でも怪力というのは、本当らしい。

だが、俺の体は平気だった。

「いや、大丈夫だ。ありがとう」

慌てふためくヒナを抱きしめて答える。背中を叩くと、ヒナが暴れるのをやめて落ち着いてくれた。うんうん、良かった。

「あゥッ、ンっ……よ、良かったです……」

温かい。一晩中ずっと作業場でやっていたのは、ちょっとやりすぎだったかもしれない。自分の体が冷たくなっていたのを自覚する。

「あの、あの……も、もう大丈夫です、あるじ様。取り乱しちゃって……」

「元はと言えば、いきなり走り出そうとした俺が悪いんだ」

ぱっと腕を広げてヒナを解放して、そう言い含めた。徹夜ハイになっている俺が、周り見えてなさすぎたのだ。

鬼族はラスリューに誠実だ。そのラスリューが俺を下にも置かない扱いをしているから、ヒナも丁重に接してくれる。

が、丁重すぎる。

「そんなに気を使わなくていいからな。俺がアホをやったら、また引っ摑んで放り投げてくれ。あっはっは！」

「そんな、そんなことできません……。したくないので……」

していいのに。

まあ、だんだん慣れていこう。お互いに。


「じゃあ今度はちゃんと足元確認してお風呂行ってくる」

「いってらっしゃいませ。手ぬぐいなど、届けますので……。ミスティア様にここで二人でいるのを見つかる前に、早く行ってくださると……」

珍しくヒナが急かしてくる。もしかしたら俺は、よっぽど様子がおかしいのかもしれない。

「そうだな。行ってくる」

俺は露天風呂へと足を向ける。

「あの、あるじ様。ところで、この彫像は、いったい何を――いえ、誰を彫ったもの、なんですか……？」

「ああ、俺の好きな人だよ」

それだけ言って、朝風呂へ意気揚々と向かうのだった。

▼

私はいつもどおりの時間に起きて、異変に気づいていた。

「あれ？　ソウジロウいなかったの？」

きゅうんと無念そうに鳴いているマツカゼに。

私はいつものように起きて、マツカゼとハマカゼを受け止めてから、外に出た。

一緒に出てきた狼たちは、ソウジロウ邸へと突撃していった。

けれど、二匹は尻尾を垂らしてトボトボ出てきたのだ。ソウジロウが不在だったみたい。

「うーん……とりあえず、チグサも起こしてきて」

指差した小屋に群れを突撃させておいて、群れのリーダーであるエルフとして、私はちょっと考える。

ソウジロウが自分より早く起き出して、どこかへ行ったんだろうか？

芝生の上を見てみるけど、朝早く出かけたような足跡は見当たらない。違う。出かけたわけじゃない。

ということは、帰ってきてない？

「おはようございます！　おはようございますぅぅ！」

マツカゼに起こされたチグサの声が、小屋の中から響いてきた。

よろよろ出てきた彼女に、声を掛ける。

「ね、ソウジロウって、夜中に出かけたの？」

髪を手櫛（てぐし）で雑に直してる様子に、エルフとしてはもっとちゃんと直してあげたくなる。

それを我慢しながら、千種に訊ねてみた。

「え？　昨日は忙しいって言いながら、夜ご飯爆速で食べて作業場に戻りませんでした？」

チグサは不思議そうにしながらも答えを持っていた。

「それから帰ってきてないの!?」

「あっ、はい。だと思います。深夜過ぎまでは確実に」

「また夜更かししたの？」

これはチグサへの言葉だ。

「あっ、やぶへび……」

焦った顔をする魔法使いの頬を挟んで、もーって威嚇する。

チグサはすぐそういう悪いことするんだから。

でも、今はソウジロウが優先ね。

どこかへ行ったまま、一晩中帰ってこないなんて。

「結局、ソウジロウはあれからずっと家にいないのね……。チグサは心当たりある？」

「無いです。えっ、お兄さん、家出ですか？」

「それはないでしょ」

新天村かしら？

なんて考えてた私の目に、ぱたぱたと小走りでこっちに来るヒナの姿が映った。

「あ、ヒナ。ソウジロウ知らない？　家にいないみたいだけど」

ヒナはぴたりと立ち止まって答えた。

「作業場、ずっと働いてました」

「えっ、ずっとって、ずっと？　なにしてるの？」

びっくりして変な聞き方をしてしまうけど、ヒナは気にせず言った。

「芸術品を、作られてます」

「ソウジロウ、最近悩んでたのを解決したのかな？　意外と早かったわねー。ね、どんなのできたの？」

私が言うと、ヒナはなんだか微妙な顔で答えた。

「……好きな人を彫って、興奮してました」

「えっ？」「まじで？」

チグサと一緒に、ぽかんと口を開けてしまう。やば。はしたない。

でも、

「……見に行く？」

「でしょ」

チグサと心は一つになった。二人で足早に作業場へ向かう。


ソウジロウの好きな人？　だ、誰だろう。

千種？　ありえるよね。可愛いし、同郷で話も合うし。一緒に働いてて接点も多い。

サイネリア？　ちょっとないはず。あれはちょっと危険な生き物だし。ソウジロウもそれを感じてるはず。

アイレス？　天龍族。真の龍種。普通の人間には取り扱えない。

けど、ありえるのよねー。

ソウジロウは尋常な人間じゃないから。ある日を境に、なんだかすごく懐いてた。ソウジロウも、あんなに好意を向けられてたらなびくかも。

……だ、だから私も、ちょっと頑張って対抗したのに……！

アイレスみたいに、ちょっと後ろから抱きしめてみた。
広くて逞しい背中と密着して、自分の心臓の音が伝わりそうで猛烈に恥ずかしかった。
なんとか顔が真っ赤でだらしなくなる直前に後ろを向けた。バレてなかったはず。
もしも千種やアイレスの像があったら、どうしよう。
もしも、
……わ、私だったら？
考えるだけで、頭が煮えそう。考えるのやめとこう。

そして、私たちはソウジロウの作業場に来た。

その前で、思わず息を呑んでしまう。緊張したせい。やばい。チグサにバレてないかな。

「うへへ、早くのぞきません……？」

チグサはとても楽しそうな顔をしてた。

他人の日記を盗み見る直前みたいな悪い顔で。

「あっ、あれ？　一緒にのぞきにきましたよね……？　なんでそんなにスン……って顔を？」

「なんでもないわよ？」

ちょっとだけ頭が冷えた。

まあいいや。とにもかくにも、見てみないと始まらない。

いざ、尋常に。

「よし、頼もーう！」

私たちは一気に扉を開け放って中に入り、その彫像と対面した。

▼

「いつもありがとうございます、女神様……！」

俺は湯船に浸かりながら、お湯を注ぐ女神に感謝を捧げていた。

「いやあ、やっぱり推しの入れてくれるお湯はいいな。新しく作ったほうと見比べるのも、なかなかオツかも」

徹夜して作った女神像の方は、女神アナとムスビとマツカゼが戯れる姿にしておいた。

俺を物語るなら、やっぱり女神様にもらった神器で森に来て、そこで精霊獣や魔獣と仲良く暮らしていると告げないわけにはいくまい。

女神様ともふもふが戯れる姿に、見る人は癒やされること間違い無しだ。

「だよなー？　ムスビ」

ずっと作業場で俺と一緒にいたムスビが、お風呂で一緒にちゃぷちゃぷと浮いている。

ムスビは俺を見て、そして女神像を見て、機嫌良さげにぱしゃりと羽でお湯を波立てた。

「平和だな……」

開放的な女神の湯から森の眺望を楽しんで、張り詰めて興奮していた俺の気持ちも和らいでいく。

なんだか良い朝だった。やりきった感がすごい。


「ソウジロウ、おはよ」

「お、おはよう？」

平和が打ち破られた。

後からお風呂に来たミスティアが、癒やし空間の露天風呂とは思えないほど冷たい目をしていたからだ。

……なんでなんだろう……？

その時まではこの世界の全てを理解した気持ちだった俺だが、その全能感はあっさり霧散した。

女の子、よく分からないよね。

この森はまだまだ、神秘が尽きなさそうだ。

書き下ろし短編　アイレスの異世界

ボクは生まれた時から誰もがボクを語り継ぐ、完璧で究極な天龍族のアイレスだ。

パパ様はラスリュー。天龍族はたいてい真名を伏せている。もちろんボクも。

だから、パパ様の「ラスリュー」という名も本当の名前ではない。それは秘されている。

このボクですら、真名を絶対に口外しないようにと法術を施された。

この術が破れるようになるまで成長した時は、ボクは真名を明かさないほど育っているし、真名を明かす相手がいるということ。

それほどの相手は、天龍族にとってほとんど現れない。


「そろそろ優秀な妖精に、真名を語ってもよろしいですが？」

そんなことを言い出す小さな友人に、ボクはべっと舌を突き出した。

「ぜぇーったいにヤダね。悪用するじゃん？」

「しますが？」

「ほらね」

眉一つ動かさずに、当然みたいに答えた妖精族のサイネリア。そのふてぶてしさに、ボクはケタケタ笑う。

たいていの種族はボクより小さいけれど、サイネリアは格別に小さい。

天龍族としては小柄な方のボクでも、人間の手のひらみたいに小さな妖精は、触れただけで砕け散りそうに見える。

けれど、妖精族はそういうものではない。

イタズラと悪ふざけと、冗談で体を作っているような存在だ。

真名を伝えれば、竜族を弱らせたら面白そうというだけの理由で実行したり、自分を偽装して財宝を持っていったりするに違いない。

「仕方ありません。財宝は諦めます」

「あ？　なに、マジで財宝に用があったの？　なんかやるの？」

「優秀な妖精は、とても良さそうな場所を侵略中です」

「そうなんだ!?　どこどこ？」

ボクは思わず飛び上がった。

サイネリアはいつも他種族を引っかき回して、混乱を生んで事態を大きくする。で、わちゃわちゃになってるところでボクが行くと、なんだかすごく強い奴がたまにいて、戦うのが楽しい。

今回、そうなるかは分からないけど、サイネリアが『とても良さそう』とまで言うのは初めてだ。

国崩しの英雄か、魔獣がどこかで生まれていて、妖精族がフェアリーサークルでも踏ませてパニックにしてるのかもしれない。

と思ったのに、

「イヤです。まだサプライズは仕込み中ですので」

そんなつれない返事が来た。

びっくりした。

「え、そんなこと言ったことないじゃん？　今まで」

「今回は言いますとも。ふふふ……」

意味深に笑って、サイネリアは姿を消した。

なんだアイツ。なんか楽しんでる？　ずるいじゃんそれ。

「けちー！　暴れさせろー！　ギャアあああ！」

「アイレス様？　どうされました？」

「……べっつにぃー」

ヒナが叫び声を聞きつけてやってきた。でっかいなぁ相変わらず。まあボクの真の姿よりずっと小さいけど。

「ひょっとして……サイネリア様、です、か？」

おそるおそる、みたいな態度で聞いてくる。ちょっと苛(いら)ついた。

「べつに、って言ってるじゃん」

「し、失礼しました……！」

ボクが睨むと、ヒナはでっかい体を縮み上がらせた。

「あの、でも、どこかへ向かわれる時は、どうか一声、おかけくださいね……」

「うっさい」

ヒナに背を向けてボクは寝転がった。

寝ちゃおう。めんどいし。

「……退屈だなー」


あー、また何年か眠りについちゃおうかな。あんまりそればっかりだと、魂が弱ってくらしいけど。

でも、それがなんだっていうんだ。

ボクは天龍族のアイレス。神代から生きるラスリューの子。

完璧で窮極な存在になるのは、生まれたときから約束されてる。

この村から離れて人里で数十年くらい、人間を見ていたこともある。

けれど、ボクはやっぱり語られるほどの存在だ。他の種族といたところで、注目されまくっちゃう。

そして――

「つまんないな……」

面倒くさくなってきた。やっぱり寝よう。

パパ様に怒られない程度に。

すやー。


「アイレス様、お知らせが……」

「なんだよう?」

ぱちりと目を覚ます。寝てたのは数日だけかな。この感じだと。

「サイネリア様の、その、イタズラされております……」

「……この村で?」

「はい」

サイネリアがこの村で人間に仕掛けるようなことをした? 珍しいね。

天龍族は人化できるけれど、その感覚は人と同じとはあまり言えない。何日もずっと寝ることもできるし、何日も食べずにいることも平気だ。

そういうところがあるからか、人間よりも感覚が鈍い。

パパ様は、ボクの術が甘すぎるとか言う。でも別にいいんだよね。困ったこと無いし。

とにかく、サイネリアが好む過敏な反応はしない。

だってボク、アイレス（さいきょー）だから。

「なにしたの？」

「アイレス様のお食事を、すり替えられていまして……それが、見たこともないものなんです」

「食事ぃ？」

食べるものをすり替えるなんて、そんなことをされたところで、ボクにとっては何もならない。

たとえ見たこともないものだろうと、腹に収めたらなんでも同じだ。

「それなら、ヒナが食べなよ」

「よろしいのですか？　あの、お友達のサイネリア様が、わざわざアイレス様のものをすり替えたのに……」

「いいよ、どこかから持ってきた見たことないものなんて、食べなくても——」

得体の知れないものをヒナが食べたら、どんな顔するのかな。ちょっと興味湧いてしまう。

のに、ヒナはぱあっと顔を明るくして喜んでた。

「あ、ありがとうございます！　これ、ものすごく、良い匂いなんです……！」

「それ先に言ってよ。どれどれ？」

ヒナが持ってた御膳を奪い取る。ヒナの鼻は一級品だ。良い匂いがする、とまで言うなら珍しいだけじゃなくて、美味しいもののはず。

そこにあったのは、なんか茶色い塊だった。パンに似てる。でもかなり違う感じがする。なんだこれ。

そして、見慣れたお米も乗ってる。塊になってる。おにぎりだ。

問題は、その食べ物が、やたらと神性の波動を内包してること。

「わあっ、なんだこれ!?　神性が込められてる!?　なんで!?　わざわざ食べ物に？　どうやって……!?」

「……そ、そうですね……わ、私にはわかりませんけれど、すごいですよね……」

ヒナがちょっと泣きそうな雰囲気出しながら、肯(うなず)いていた。

え、それほど？

食べてみよう。がぶり。

「んんーっ!!」

衝撃的なほど、鮮やかな味が口いっぱいに広がった。

ボクこんな口がびりびりしたことないけど!?

「うわ、なんだろこれ。えええ……？」

どこでどう作ったのか、見当もつかない。

贅沢に小麦ばかり使ったパンで、初体験なくらい甘くて複雑な味。

こんなの食べたことがない。

神性がたっぷり込められていて、それはボクの鈍い感覚を強く刺激してくる。

料理本来の味を、人間より強い感度で感じられる。

「んぁぁぁ……っ！　やばい。ボクちょっとこれ止まんない」

パンとおにぎり。どっちも美味しい。なんだろこれ。どうやって作った。

水か？　火か？　素材もか？

贅沢にどれも神術を使って作らないと、神性が宿るほどの料理ってできないよね。

いや料理にそんなもん使うなバカ。嘘でしょ。

気づいたら、ボクは置いてあった食べ物全部を食べ尽くしてた。

「あ、無くなったじゃん。もー、サイネリア探してくる！　これ置いてあったのどこ？　絶対に気配とか探せるようにしつつ逃げてるでしょ！」

「あちらの方です……」

シュンと残念そうにしながらヒナが指差す方に、ボクは駆け出した。

あの料理の出処を探って、ボクが突っ込んでやる！

久しぶりにわくわくする。略奪だ。


「飛竜がいる森、だって？」

それほんと？

「はい。神樹の森には、今現在は人間の神璽（レガリア）が開拓し、飛竜を飼っています」

天龍族でも飼える人が少ない、飛竜を飼ってるだって？

おいおいおいおいおい、話変わってきたぞ？

サイネリアとのかくれんぼをどうにか勝って見つけ出したら、料理について出処が判明。

神樹の森だ。

ガチで？　あの気味悪い森で？

人間が拓いてるのもびっくりだけど、そこであんな料理が作れるのもおかしい。

そして、極めつけが飛竜。

あの愛らしくてつぶらな瞳を持ってて、人化すれば乗っかって駆け回り、龍化すれば尻尾に乗せて寝転ぶ愛らしい生き物が。

パパ様大喜びだよね。

うーん、おもしろ。

想像以上に面白いことになってきた。

「よーし、ボクが一発飛んで行くよ！」

「なりません」

「あ、パパ様」

宣言した瞬間、どこからともなくパパ様が現れてボクを止めた。

「神樹の森を拓いて、飛竜を飼うことができるほど、余裕のある神璽（レガリア）。お会いするなら、丁重にしなくてはなりません」

「えっ、人間相手に、わざわざパパ様がそんなこと」

「今回は、貴方が相手をしてきたような手合いとは違います。十年や二十年で付き合いが切れるような所業は、間違ってもしてはいけない」

「ええええ……？　そんなこと言われても、人間って、なんでもすぐ忘れるし……」

一緒にすっごく楽しんだのに、二十年経っただけで『あの頃とは違う』とか言う。

ボクを殺そうとした相手にちょっと報復して暴れても、十年後には勝手にボクを英雄にして語ったり。

人間に語られるのは、イヤだ。人間が語るボクは、勝手に望んだ形にされる。

真名を誰にも明かさないおかげで、それは〝アイレス〟という本当の名前ではないボクになるから、まだギリギリ憂さ晴らしするくらいで忘れれる話になるけど。

パパ様だって、そんなボクの話に『そういうものだから』と言うだけだった。

なのに、なんだかいつもと様子が違う。

「神樹の森がかつてあった豊かさに戻るか、見計らわねばなりません。まず手土産を持参して、妖精が持ってきたものに返礼せねば」

「えーっと……どゆこと？」

「勝手なことはしないように、ということです。飛竜を愛でたいのは山々ですが、先走ってはいけない」

パパ様はボクにそう言い含めて、考え事をしながら去っていった。

ふむん、なるほど。

つまりパパ様も飛竜愛でたいってことだね！


「飛竜見に行こうぜ！」

「そうこなくては」

サイネリアとボクはうなずき合った。

森に行ってみよ。

なあに、人間なんてどいつもこいつもちょろいに決まってるじゃん。


とんでもない相手だった。冗談じゃない。

天龍族は天の龍だ。だけど、その天(そら)の上に座す存在がある。

虚空の涯(はて)に閉じ込められた不可知の存在が、門で超越してこの世界に割り入ってくる。混沌の塊。

理外の系譜。闇魔法の神髄に到達した使い手。

それが森にいた。

油断してて、視界に入ってしまった。闇の彼方から無数の目が、びっしりとボクを見据えて呪ってきた。

危うく食われるところを救ってくれたのが、サイネリアの言う『マスター』だった。

神器の持ち主。ソウジロウ。

とても手間暇のかかるパンを焼いて献上してきた人間。

めちゃめちゃ甘っちょろいタイプの人間だった。


「パンくらい焼いてあげるよ」

「わーい」

完璧で窮極な天龍族でも、気安くそんなこと言ってくる。

ちょっと敬意は足りないけど、奉納品をくれるならボクは許そう。

だってチグサもパンを要求してる。つまり、料理が欲しければ大人しく甘んじる方がいいのだ。


とにかく相性が悪いんだよなー、闇魔法使い。

どうも並みの人間程度にしか本体は鍛えてないみたいだけど、相手がどんな奴だろうと不意打ちは天龍族のすることじゃない。

人間は忘れる。でもボクはあんまり忘れない。

このレベルの使い手とやり合うと、本当の意味で死闘になりそう。

しかも、生理的に気持ち悪すぎる。うんこ投げつけてくる巨猿と戦うような気持ちだ。

戦っても気持ち良くない。おまけに死ぬかもしれない。

面倒だから、神璽（レガリア）の懐にいる方がいい。

なにしろボクは天龍族なので、可愛さだって人間を超越してる。ふはは。

「甘んじてやるからね」

「？　そうか。いっぱいお食べ」

人間は子供を見るみたいな目でボクを見ていた。おい魅了されろよもっと。なんか違うだろ。

いずれ一発びっくりさせて、心からボクに仕えたいと思わせてやろ。


今日も今日とて神樹の森に来た。

そしたら、やばかった。パパ様が追いかけてきていて、折檻（せっかん）された。

しんどい。

しばらく怒られがあったので、ボクはパパ様のご機嫌取りに人間のお使いをすることにした。

飛竜の世話をパパ様に頼ませて、ついでに人間を町まで連れてって、仲良くしてるところを見せるのだ。

「いいですよ。ですが一つだけ。海の様子も見てきなさい」

「海の？」

「人間の町の近くにある、入り江あたりです」

パパ様はそう言った。

なんだろう？

「人間の町では、あまり迷惑をかけないようにするのですよ」

そんなことも言われた。

「珍しいね、そんなこと言うなんて」

今まで、そういう注意をされたことが無いのに。

「きっと、総次郎殿はそれを好みませんし……嫌われたら、大変なことになりそうです。その時に、貴方が後悔する姿を見たくありません」

「ふええ？」

いよいよもっておかしな話だ。

あの人間に？　いや料理はめっちゃ美味しいけど、ヒナも昨日持ち帰ったお土産で泣いて喜んでたけど。

人間に多少嫌われたところで、ボクは天龍族だよ。

どうせすぐ忘れるよ、人間は。


血の気の荒い人間が集まる店があったので、ボクは喧嘩を売ってひと暴れした。

暴力はシンプルでいいよね。言葉が通じない人間にも、暴力は通じるから。

「あっ、の、な、なんでわざわざ喧嘩を……？」

チグサが変なこと言う。

「どーせ人間は、すぐ忘れるでしょ。だから、誰が強いか教えといてやるんだよ」

「つまり私が最強っていうことを、宣伝するために……？」

「んなわけないでしょバカがよぉ」

「えっ、違うの？」

「まじで言ってるのかよ怖いなコイツ……」

チグサの感性についていけない。このうんこ魔法ゴリラ。

「これから海で暴れるからね。後で人間共が憶測でボクを語るより、一発ぶん殴っておいて、ボクの強さを覚えさせてからの方が良いよ」

「ええ……？」

首をかしげている。

コイツには分からないだろうけど、ボクは町に来てからビリビリ感じてるものがある。海魔の気配。それも、かなり強い力を持っている。激闘になりそうだ。

でも、海魔とならば正面切って戦える。海は海魔の縄張りだとしても、ボクは海だけじゃなく空からも戦える。

戦場は、ボクの方が有利だ。

「人間はボクを語るけど、勝手に理想化するし、悪者にも英雄にも振り切った語り方をするんだ。ボクはボクなのに、残虐で凶悪そうな龍だとか、逆に虫も殺さない龍にしようとする。そういうのは嫌いだよ」

「……はー」

ぽかんと口を開けるチグサ。

なんだこいつ。

「人間が嫌い、じゃなくて、誤解されるのが嫌い、ってこと？」

「はあー？　違うよ。ボクを崇めないのがダメなの！」

「ンンン……？」

微妙な顔で首どころか体ごと傾いていくチグサ。なんだこいつ。なんだこいつって何回思えばいいんだこいつ。

「あっ、語られるのがイヤなんですか……？」

「ボクはさいきょーなんだから、ボクのこと話していいもん」

「ンンン……？」

鈍いなーこいつ。

「だーからたとえば、これからボクは海で戦うでしょ」

「なんで戦うかは分からないですけど、はい」

「そんで、ボクがバケモノを倒して」

「はあ」

「それで『この海で悪さをしたら龍が来るぞ』って勝手にボクが守り神にされたらイヤなんだよ」


実体験だ。

ある女の子たちと友達になって、一緒に遊んで、それで、ボクはそこの領地に迫る危機を救ってあげた。

けっこう激戦で、それは楽しかったし、ボクも友達を助けるために奮闘できてたから、良かったんだけど。

数年くらい家に帰って、傷を癒やして、それで、もう一度会いに行った時だ。

女の子たちは、貴族社会でずいぶん出世してて――ボクを見て、言った。

『ほら見なさいみんな！　私たちには龍の加護がある！』

いや、見てなかったかもしれない。

『そうでしょ？　友達だもんね？』

そして集めた金で、パーティーをして、脂とキツい香辛料に塗れた料理や、小さな男の子をボクに差し出した。

ボクはただ、前みたいに、戦に出たり、一緒に踊り明かしたりしたかっただけなのに。

その城を炭にして、ボクは帰った。二度と会わなかった。死者は出してないはず。

けど、もうあの人間たちは死んでるだろう。時間が経ってる。

「はあー……」

チグサはぽけっと口を開けて考えて、それで、こう言った。

「それなら、目撃者を滅ぼせばいいのでは……？」

こいつやべえな。

そして、海魔を吹っ飛ばしたのは、ボクが侮っていた人間だった。

ソウジロウ。

神器の持ち主。神璽（レガリア）という機能。

そうじゃなかった。

神から全幅の信頼を与えられ、身に余る欲を抱かずにいられる寛容さの持ち主。

弱々しい人の姿をしながら、龍よりも苛烈な力を持ってるギャップがすごい。

それはまるで、小さな男の子が脱いだらビキビキの胸板と腹筋を持っていた時のような、衝撃的な光景だった。

「たまんないね……♡」

巨大な海魔を一撃で粉砕してなお、クールなその横顔。

ボクはめろめろになった。

——この人なら、安心できる。

ソウジロウ……ソウくんの子ども産めるくらいキュンとした。いや産んでも良くない？　いけるいける。


野営しながら、ボクはチグサにそれを語った。

「天龍の体は丈夫だから、わりと一人二人くらい産むの気にしないよ♡」

「うへぁ、気が早すぎる。手のひらクルクル……」

チグサが間抜け面で言った。

態度変えすぎだけどなにかあったの、みたいなこと聞いてきたチグサに答えてやったのに。

「はあー？　いいじゃん。ソウくんのそばにいれば退屈しないと思うし、子供も可愛いだろうし、楽しそうだよね？」

「はあー、退屈ねぇ……」

「そうだよ。ボクは退屈なのがイヤなんだよね。何しろ天龍だから」

ふふん、ボク天龍族で良かった。

ソウくんの子ども作って育てて、いやあ楽しそう。

どんな子かな。飛竜好きかな。パパ様にもそういうの聞いてみていいかな。

「あっ、わたし、あれから考えたんだけど……」

「あれから、って、なにから？」

「あの、語られるのはいいけど、守り神にされるのはイヤっていう話を……」

「え？　ああ、あれかぁ」

べつになんでもないことだと思うけど。それにもう、そんなことどうだっていい。

「アイレスは……利用されるのが、イヤなんじゃないかなぁ、って」

「………………ええ……？」

チグサが、変なこと言った。

「だって、その……勝手に自分を語って、捻じ曲げて、気持ち良くなるために消費されるのは……搾取されてる、みたいだから？」

そんなことを、つっかえつっかえ指摘してくる。

「いやでも……あれぇ……？」

おかしい。

「おにーさんなら、利用するわけないって思えるし、懐くのも分かる、し……？」

明らかに頭おかしいうんこ魔法ゴリラに、反論ができない。

「あの、だから、まあ、どんまい……？」

「……えっ、ボク励まされてる？」

衝撃的な瞬間だった。人間ごときに、ボクが励まされてる？　うそお……。

「あっ、ごめんね、わたしごときがそういうのおこがましいですね、はい……」

すごすごと小さくなるチグサ。うわ気持ちわる。いつもボクにでかい態度してくるくせに。

「は、はあ!?　そういうのキモいんだけど！」

「キモいはやめて。その言葉はわたしに効く」

真顔で嫌がるチグサ。どういう神経してるんだこいつ。

「言っとくけど！　ボクがチグサの魔法にやられるのは、ちょっと本調子じゃないだけだから！

これから取り戻すからなゴルァ!?」

「……じゃあ結局、今はわたしの方が強いのでは……?」

とぼけた顔でめちゃくちゃ煽ってくる魔法使い。

「こ、こいつ……！　ほんとこいつ……!!」

いつか倒すからなお前！

魂に剛(つよ)さを取り戻そう。

ソウくんの子供も、チグサに勝つのも、飛竜を愛でるのも、パパ様の教えをもっともらうのも、もっと強くならないといけない。

衰えさせてたせいだ。混沌に打(う)ち克(か)てなかった。それはボク自身の、衰えが生んだ結果だ。

でもこれからは、そうはやらせない。

ボクの心には、すでに強い気持ちが湧いてきている。


「美味しいもの食べて、元気になって、それで、もっと美しくなってやる……！」


生まれた時から持ってるものだけじゃ、ボクは満足していられないんだ。

拳を握りしめて、ボクは決意したのだった。今日も神樹の森は、ただ穏やかに神々しく、そこにあった。

ここがソウくんとボクの愛の巣（予定）だ。いずれ、ボクがそうしてやる。

異世界のすみっこで快適ものづくり生活2
～女神さまのくれた工房はちょっとやりすぎ性能だった～

著者／長田信織
イラスト／東上文

2023年11月17日　初版発行

発行者／山下直久
発行／株式会社ＫＡＤＯＫＡＷＡ
〒102-8177　東京都千代田区富士見2-13-3
0570-002-301（ナビダイヤル）
印刷／図書印刷株式会社
製本／図書印刷株式会社

【初出】
本書は、カクヨムに掲載された『異世界のすみっこで快適ものづくり生活』を加筆、修正したものです。

ISBN978-4-04-915212-8　C0093　Printed in Japan

ファンレターあて先
〒102-8177
東京都千代田区富士見2-13-3
電撃の新文芸編集部

「長田信織先生」係
「東上文先生」係

異修羅Ⅰ

新魔王戦争

**全員が最強、全員が英雄、
一人だけが勇者。“本物”を決める
激闘が今、幕を開ける――。**

魔王が殺された後の世界。そこには魔王さえも殺しうる修羅達が残った。一目で相手の殺し方を見出す異世界の剣豪、音すら置き去りにする神速の槍兵、伝説の武器を三本の腕で同時に扱う鳥竜の冒険者、一言で全てを実現する全能の詞術士、不可知でありながら即死を司る天使の暗殺者……。ありとあらゆる種族、能力の頂点を極めた修羅達はさらなる強敵を、“本物の勇者”という栄光を求め、新たな闘争の火種を生みだす。

著／珪素
イラスト／クレタ

電撃の新文芸

チュートリアルが始まる前に
ボスキャラ達を破滅させない為に俺ができる幾つかの事

著／髙橋炬燵
イラスト／カカオ・ランタン

この世界のボスを“攻略”し、あらゆる理不尽を「攻略」せよ！

目が覚めると、男は大作RPG『精霊大戦ダンジョンマギア』の世界に転生していた。しかし、転生したのは能力は控えめ、性能はポンコツ、口癖はヒャッハー……チュートリアルで必ず死ぬ運命にある、クソ雑魚底辺ボスだった！　もちろん、自分はそう遠くない未来にデッドエンド。さらには、最愛の姉まで病で死ぬ運命にあることを知った男は――。

「この世界の理不尽なお約束なんて全部まとめてブッ潰してやる」

男は、持ち前の膨大なゲーム知識を活かし、正史への反逆を決意する！『第7回カクヨムWeb小説コンテスト』異世界ファンタジー部門大賞》受賞作！

売れ残りの奴隷エルフを拾ったので、娘にすることにした

著／遥 透子
イラスト／松うに

不器用なパパと純粋無垢な娘の、ほっこり優しい疑似家族ファンタジー！


　絶滅したはずの希少種・ハイエルフの少女が奴隷として売られているのを目撃した主人公・ヴァイス。彼は、少女を購入し、娘として育てることを決意する。はじめての育児に翻弄されるヴァイスだったが、奮闘の結果、ボロボロだった奴隷の少女は、元気な姿を取り戻す！

「ぱぱだいすきー！」「……悪くないな、こういうのも」

　すっかり親バカ化したヴァイスは、愛する娘を魔法学校に通わせるため、奔走する！

もふもふと楽しむ無人島のんびり開拓ライフ
～VRMMOでぼっちを満喫するはずが、全プレイヤーに注目されているみたいです～

著／紀美野ねこ
イラスト／福きつね

**末開の大自然の中で
もふっ♪とスローライフ！
これぞ至福のとき。**

フルダイブ型VRMMO『IRO』で、無人島でのソロプレイをはじめる高校生・伊勢翔太。不用意に配信していたところを、クラスメイトの出雲澪に見つかり、やがて澪の実況で、ぼっちライフを配信することになる。狼(?)のルピとともに、島の冒険や開拓、木工や陶工スキルによる生産などを満喫しながら、翔太は、のんびり無人島スローライフを充実させていく。それは、配信を通して、ゲーム世界全体に影響を及ぼすことに――。

電撃の新文芸